STS

山田社

精修 關鍵字版

絕對合格
日檢必背文法

N1
新制對應！

吉松由美・田中陽子
山田社日檢題庫小組
◎合著

山田社

前言
preface

明明五顏六色，書上重點一網打盡，畫得滿滿的，
怎麼考試時腦袋還是一片空白？

" 其實，一堆重點＝沒重點，畫了＝白畫！"

> 只有關鍵字，像膠囊似地能將龐雜的資料濃縮在裡面。
> 只有關鍵字，到了考試，如同一把打開記憶資料庫的鑰匙，
> 提供記憶線索，讓「字」帶「句」，「句」帶「文」，
> 瞬間回憶整句話，達到獲取高分的境界。

《精修版 新制對應 絕對合格！日檢必背文法 N1》精心出版「關鍵字」版了。

什麼是「關鍵字」？它是將大量的資料簡化而成的「重點字句」，只有關鍵字，能以最少時間，抓住重點，刺激五感，製造聯想。「關鍵字」與「大腦想像」一旦結合，將讓大腦發光發熱，進而以最少的時間，達到長期記憶，成就最佳成績。

本書精選新制日檢考試 N1 文法 156 項，每項都精心標上文法記憶法寶「關鍵字」，運用關鍵字的濃縮精華，進而啟發回憶的效果，幫助您直接進入腦中，圈出大的重點，縮短專注時間，記憶更穩更久。本書特色有：

★ 精挑文法重點關鍵字，文法記憶更穩更久，高分突破日檢考試！
★ 百萬考生推薦日檢好書，應考秘訣一本達陣！
★ N1 所有 156 文法 × 模考 3 回 × 實戰聽力！
★ 百萬年薪跳板必備書！日檢 N1 必背高頻率出題文法！
★ N1 文法 × 情境插圖 × 豐富例句，神奇的三合一學習法，讓您一舉達陣！

本書 9 招魔法，讓學習更輕鬆更有效，讓記憶永遠存在！

1. **關鍵字膠囊式速效魔法**——每項文法解釋前面，都加上該文法的關鍵字，關鍵字可以讓濃縮後的資料，輕易地從記憶中的功課提取出整段話或整篇文章。也就是以更少的時間，得到更大的效果，進而提高學習動機，讓您充滿信心去面對日檢考試。

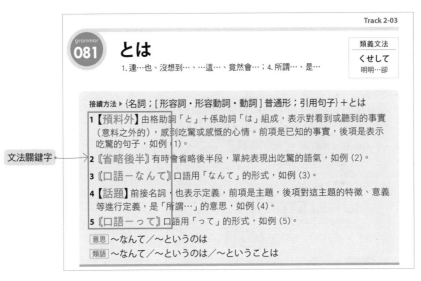

Track 2-03

grammar **081**

とは

1.連…也、沒想到…、、這…、竟然會…；4.所謂…、是…

類義文法
くせして
明明…卻

接續方法▶ {名詞；[形容詞・形容動詞・動詞] 普通形；引用句子}＋とは

1 **【預料外】**由格助詞「と」＋係助詞「は」組成，表示對看到或聽到的事實（意料之外的），感到吃驚或感慨的心情。前項是已知的事實，後項是表示吃驚的句子，如例 (1)。

文法關鍵字 →
2 『省略後半』有時會省略後半段，單純表現出吃驚的語氣，如例 (2)。

3 『口語－なんて』口語用「なんて」的形式，如例 (3)。

4 **【話題】**前接名詞，也表示定義，前項是主題，後項對這主題的特徵、意義等進行定義，是「所謂…」的意思，如例 (4)。

5 『口語－って』口語用「って」的形式，如例 (5)。

意思 ～なんて／～というのは

類語 ～なんて／～というのは／～ということは

2. **說故事般的情境魔法**——每一項文法都有一張可愛的插圖，配合幽默、令人會心一笑的小故事。利用有趣的故事情境魔法，清楚、細膩地說明文法特色，用右腦記憶生動的畫面，讓您想忘記也很難！學習效果立竿見影！

例1 彼はリーダーたる者に求められる素質を備えている。
他擁有身為領導者應當具備的特質。

山田同學自從擔任學生會長以來，便充分展現出領袖長才。他的領導者風範，令身邊的人都十分樂意跟他合作。

「たる」（作為…的）前接高評價的事物，表示高度讚賞他擁有領導者應有的特質。

故 事　　　　　　　　　　　　　　　　　　　　　　**插 圖**

3. **多元學習的增值魔法**—文法、單字、內容黃金魔法交叉學習！俗話說：「魔鬼藏在細節裡」，每項文法的例句中我們都精心加入該項文法較常配合的單字、使用的場合、常見的表現，也就是考試常出現的考法；還有，貼近N1 程度所需的時事、生活等內容，幫助您完全克服文法考試決勝負的難關！為打下堅實的基礎，建議您搭配《精修重音版 新制對應 絕對合格 日檢必背單字N1》來進一步配合學習喔！

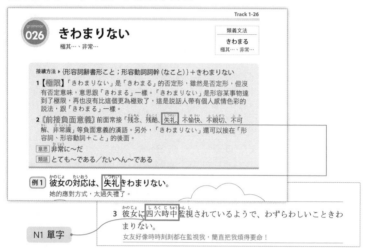

4. **前後接續的要領魔法**—一項文法前面或後面要怎麼接續呢？考日檢文法的時候，是不是常因為接續方法而失分呢？請放心，本書內容將有接續需求的文法標示出接續方法，只要照著這些公式走，考試就不用擔心啦！書中還貼心地附上文型接續解說，裡面並彙整出一看就懂的：基本形、意向形、使役被動形…或普通形、丁寧形等接續用語的說明喔！

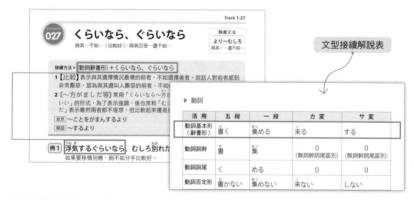

5. **類義文法專欄的輔助魔法**—同樣一句話，光是口語、正式說法，就天差地遠大不相同了！因此，換個說法的類義文法，是考試最常出現的考法，本書收錄了高頻率出題的類義文法，讓您方便進行比較。另外，本書還使用最淺白的日語，解釋每項文法的意思，以及類語的補充，如此殫精竭慮，就是要幫您打通文法任督六脈，讓您有深厚、超強的文法功力！

類義文法

文法意思
及類語

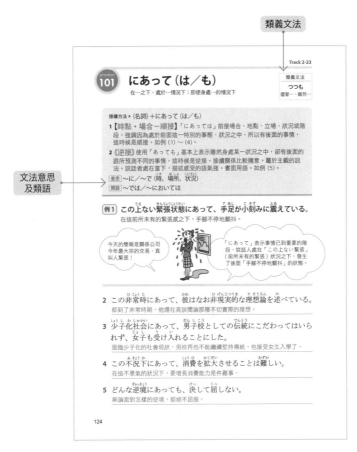

> Track 2-23
>
> ### Grammar 101 にあって（は／も）
> 在…之下、處於…情況下；即使身處…的情況下
>
> 類義文法
> つつも
> 儘管…、雖然…
>
> **接續方法▶** {名詞} ＋にあって（は／も）
>
> 1【時點・場合－順接】「にあっては」前接場合、地點、立場、狀況或階段，強調因為處於前面這一特別的事態、狀況之中，所以有後面的事情，這時候是順接。如例（1）～（4）。
>
> 2【逆接】使用「あっても」基本上表示雖然身處某一狀況之中，卻有後面的跟所預測不同的事情，這時候是逆接。接續關係比較隨意，屬於主觀的說法。說話者處在當下，描述感受的語氣強。書面用語。如例（5）。
>
> 意思 ～に／～で（時、場所、状況）
> 類語 ～では／～においては
>
> **例1** この上ない緊張状態にあって、手足が小刻みに震えている。
> 在這前所未有的緊張感之下，手腳不停地顫抖。
>
> 今天的簡報是關係公司今年最大宗的交易，真叫人緊張！
>
> 「にあって」表示事情已到重要的階段，說話人處在「この上ない緊張」（前所未有的緊張）狀況之下，發生了後面「手腳不停地顫抖」的狀態。
>
> 2 この非常時にあって、彼はなお非現実的な理想論を述べている。
> 都到了非常時期，他還在高談闊論那種不切實際的理想。
>
> 3 少子化社会にあって、男子校としての伝統にこだわってはいられず、女子も受け入れることにした。
> 面臨少子化的社會現狀，男校再也不能繼續堅持傳統，也接受女生入學了。
>
> 4 この不況下にあって、消費を拡大させることは難しい。
> 在這不景氣的狀況下，要增長消費能力是件難事。
>
> 5 どんな逆境にあっても、決して屈しない。
> 無論面對怎樣的逆境，都絕不屈服。
>
> 124

6. **多義應用例句的經典魔法**——一項文法大多會隨著前面接續的詞，及前後文意等，而有不同的表現方式，例如「だに」有：一、表示光只是做一下前面的心裡活動，就會出現後面的狀態「一…就…」；二、表示消極的感情，前接名詞時，舉一個極端的例子「就連…也（不）…」。許多讀者反映「文法搞不清楚使用情況，好難選出答案！」為了一掃您的擔憂，書中將所有符合 N1 文法程度的使用狀況一一細分出來，並列出相對應的例句，讓您看到考題，答案立即選出！

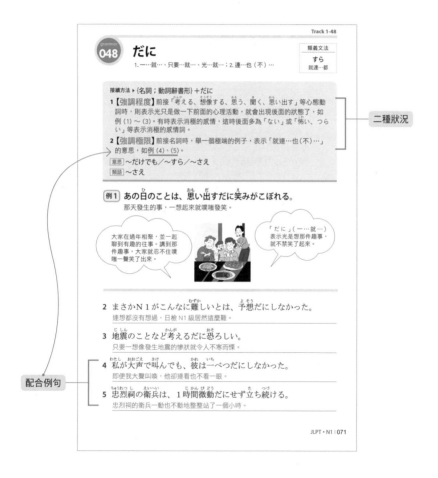

7. **打造日語耳的相乘魔法**—新制日檢考試,把聽力的分數提高了,合格最短距離就是加強聽力學習。為此,書中還附贈光碟,幫助您熟悉日籍教師的標準發音、語調與符合 N1 聽力的朗讀速度,讓您累積聽力實力。為打下堅實的基礎,建議您搭配《精修版 新制對應 絕對合格!日檢必背聽力 N1》來進一步加強學習。

朗讀光碟

8. **模考 3 回題庫魔法**—本書附有 3 回新日檢擬真模擬考題,這些都是金牌出題老師們經過多年分析、研究歷屆考古題,精心編寫的考題!模擬考題還依照不同的題型,告訴您不同的解題訣竅。讓您在演練之後,不僅能立即得知學習效果,並能充份掌握考試方向,以提升考試臨場反應。就像上過合格保證班一樣!如果對於綜合模擬試題躍躍欲試,推薦完全遵照日檢規格的《合格全攻略!新日檢 6 回全真模擬試題 N1》進行練習喔!

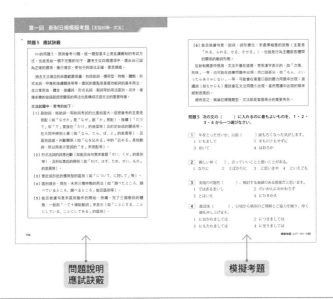

問題說明
應試訣竅

模擬考題

9. **文法速記表魔法小工具**—文法重點，一覽無遺的文法速記表，不僅依照本書內容做排序，還附有文法中譯。速記表可以讓您在最短的時間內進行復習，還可以剪下來隨身攜帶，是前往考場，考前復習的高分合格護身符。它更是最便利、最精華的N1文法資料庫！書中還附上讀書計畫表，讓讀者能按部就班進行讀書計畫。有計畫絕對就會有好成績喔！

裁切裝訂隨時帶著背

五十音排序

安排讀書計劃

在精進日文的道路上，只要有效的改變，日文就可以大大的進步，只要持續努力，就能改變結果！本書陪伴您走過準備考試的路途，邀您一同見證神奇的學習魔法！您還可以運用本書附贈的朗讀光碟，充分運用通勤、喝咖啡等零碎時間學習，讓您走到哪，學到哪！怎麼考！怎麼過！

目錄
contents

- 詞性說明 ……………………………………………………………… 14
- 文型接續解說 …………………………………………………………… 16
- N1文法速記表 ………………………………………………………… 19

詞性說明

詞　性	定　義	例（日文／中譯）
名詞	表示人事物、地點等名稱的詞。有活用。	門（大門）
形容詞	詞尾是い。說明客觀事物的性質、狀態或主觀感情、感覺的詞。有活用。	細い（細小的）
形容動詞	詞尾是だ。具有形容詞和動詞的雙重性質。有活用。	静かだ（安靜的）
動詞	表示人或事物的存在、動作、行為和作用的詞。	言う（說）
自動詞	表示的動作不直接涉及其他事物。只說明主語本身的動作、作用或狀態。	花が咲く（花開。）
他動詞	表示的動作直接涉及其他事物。從動作的主體出發。	母が窓を開ける（母親打開窗戶。）
五段活用	詞尾在ウ段或詞尾由「ア段＋る」組成的動詞。活用詞尾在「ア、イ、ウ、エ、オ」這五段上變化。	持つ（拿）
上一段活用	「イ段＋る」或詞尾由「イ段＋る」組成的動詞。活用詞尾在イ段上變化。	見る（看）起きる（起床）
下一段活用	「エ段＋る」或詞尾由「エ段＋る」組成的動詞。活用詞尾在エ段上變化。	寝る（睡覺）見せる（讓…看）
變格活用	動詞的不規則變化。一般指カ行「来る」、サ行「する」兩種。	来る（到來）する（做）
カ行變格活用	只有「来る」。活用時只在カ行上變化。	来る（到來）
サ行變格活用	只有「する」。活用時只在サ行上變化。	する（做）
連體詞	限定或修飾體言的詞。沒活用，無法當主詞。	どの（哪個）
副詞	修飾用言的狀態和程度的詞。沒活用，無法當主詞。	余り（不太…）

詞 性	定 義	例（日文／中譯）
副助詞	接在體言或部分副詞、用言等之後，增添各種意義的助詞。	～も（也…）
終助詞	接在句尾，表示說話者的感嘆、疑問、希望、主張等語氣。	か（嗎）
接續助詞	連接兩項陳述內容，表示前後兩項存在某種句法關係的詞。	ながら（邊…邊…）
接續詞	在段落、句子或詞彙之間，起承先啟後的作用。沒活用，無法當主詞。	しかし（然而）
接頭詞	詞的構成要素，不能單獨使用，只能接在其他詞的前面。	御^お～（貴〈表尊敬及美化〉）
接尾詞	詞的構成要素，不能單獨使用，只能接在其他詞的後面。	～枚^{まい}（…張〈平面物品數量〉）
寒暄語	一般生活上常用的應對短句、問候語。	お願^{ねが}いします（麻煩…）

關鍵字及
符號表記說明

符號表記	文法關鍵字定義	呈現方式
【 】	該文法的核心意義濃縮成幾個關鍵字。	【義務】
〖 〗	補充該文法的意義。	〖決心〗

▶ 形容詞

活　用	形容詞（い形容詞）	形容詞動詞（な形容詞）
形容詞基本形 （辭書形）	大^{おお}きい	綺^き麗^{れい}だ
形容詞詞幹	大^{おお}き	綺^き麗^{れい}
形容詞詞尾	い	だ
形容詞否定形	大^{おお}きくない	綺^き麗^{れい}でない
形容詞た形	大^{おお}きかった	綺^き麗^{れい}だった
形容詞て形	大^{おお}きくて	綺^き麗^{れい}で
形容詞く形	大^{おお}きく	×
形容詞假定形	大^{おお}きければ	綺^き麗^{れい}なら（ば）
形容詞普通形	大^{おお}きい 大^{おお}きくない 大^{おお}きかった 大^{おお}きくなかった	綺^き麗^{れい}だ 綺^き麗^{れい}ではない 綺^き麗^{れい}だった 綺^き麗^{れい}ではなかった
形容詞丁寧形	大^{おお}きいです 大^{おお}きくありません 大^{おお}きくないです 大^{おお}きくありませんでした 大^{おお}きくなかったです	綺^き麗^{れい}です 綺^き麗^{れい}ではありません 綺^き麗^{れい}でした 綺^き麗^{れい}ではありませんでした

▶ 名詞

活　用	名　詞
名詞普通形	雨<ruby>雨<rt>あめ</rt></ruby>だ 雨<ruby>雨<rt>あめ</rt></ruby>ではない 雨<ruby>雨<rt>あめ</rt></ruby>だった 雨<ruby>雨<rt>あめ</rt></ruby>ではなかった
名詞丁寧形	雨<ruby>雨<rt>あめ</rt></ruby>です 雨<ruby>雨<rt>あめ</rt></ruby>ではありません 雨<ruby>雨<rt>あめ</rt></ruby>でした 雨<ruby>雨<rt>あめ</rt></ruby>ではありませんでした

▶ 動詞

活　用	五　段	一　段	カ　変	サ　変
動詞基本形 （辞書形）	書く	集める	来る	する
動詞詞幹	書	集	0 （無詞幹詞尾區別）	0 （無詞幹詞尾區別）
動詞詞尾	く	める	0	0
動詞否定形	書かない	集めない	来ない	しない
動詞ます形	書きます	集めます	来ます	します
動詞た形	書いた	集めた	来た	した
動詞て形	書いて	集めて	来て	して
動詞命令形	書け	集めろ	来い	しろ
動詞意向形	書こう	集めよう	来よう	しよう
動詞被動形	書かれる	集められる	来られる	される
動詞使役形	書かせる	集めさせる	来させる	させる

動詞使役被動形	書かれる	集めさせられる	来させられる	させられる
動詞可能形	書ける	集められる	来られる	できる
動詞假定形	書けば	集めれば	来れば	すれば
動詞命令形	書け	集めろ	来い	しろ
動詞普通形	行く 行かない 行った 行かなかった	集める 集めない 集めた 集めなかった	来る 来ない 来た 来なかった	する しない した しなかった
動詞丁寧形	行きます 行きません 行きました 行きませんでした	集めます 集めません 集めました 集めませんでした	来ます 来ません 来ました 来ませんでした	します しません しました しませんでした

N1 文法速記表

★ 步驟一：沿著虛線剪下《速記表》，並且用你喜歡的方式裝訂起來！

★ 步驟二：請在「讀書計劃」欄中填上日期，依照時間安排按部就班學習，每完成一項，就用螢光筆塗滿格子，看得見的學習，效果加倍！

五十音順	文法			中譯	讀書計畫
あ	あっての			有了…之後…才能…、沒有…就不能（沒有）…	
い	いかん…	いかんだ		…如何，要看…、取決於…；…將會如何	
		いかんで（は）		要看…如何、取決於…	
		いかんにかかわらず		無論…都…	
		いかんによって（は）		根據…、要看…如何、取決於…	
		いかんによらず、によらず		不管…如何、無論…為何、不按…	
う	うが…	うが、うと（も）		不管是…都…、即使…也…	
		うが～うが、うと～うと		不管…、、也好…也好、無論是…還是…	
		うが～まいが		不管是…不是…、不管…不…	
	うと～まいと			做…不做…都…、不管…不	
	うにも～ない			即使想…也不能…	
	うものなら			如果要…的話，就…	
か	かぎりだ			真是太…、…得不能再…了、極其…；只限…	
	がさいご、たらさいご			（一旦…）就必須…、（一…）就非得…	
	かた…	かたがた		順便…、兼…、一面…一面…、邊…邊…	
		かたわら		一邊…一邊…、同時還…；在…旁邊	
	がてら			順便、在…同時、借…之便；一邊…，一邊…	
	（か）とおもいきや			原以為…、誰知道…	
	がはやいか			剛一…就…	
	がゆえ（に）、がゆえの、（が）ゆえだ			因為是…的關係…；…才有的…	
	からある、からする、からの			足有…之多、…值…、…以上	
	かれ～かれ			或…或…、是…是…	
き	きらいがある			有一點…、總愛…、有…的傾向	
	きわ…	ぎわに、ぎわの		臨到…、在即…、迫近…	
		きわまる		極其…、非常…、…極了	
		きわまりない		極其…、非常…	
く	くらいなら、ぐらいなら			與其…不如…（比較好）、與其忍受…還不如…	
	ぐるみ			全部的…	
こ	こそ…	こそあれ、こそあるが		雖然、但是；只是（能）	
		こそすれ		只會…、只是…	
	こと…	ごとし、ごとく、ごとき		如…一般（的）、同…一樣（的）	
		ことだし		由於…	
		こととて		（總之）因為…；雖然是…也…	
		ことなしに、なしに		不…就…、沒有…；不…而…	
	この、ここ～というもの			整整…、整個…來	
さ	（さ）せられる			不禁…、不由得…	
し	しまつだ			（結果）竟然…、落到…的結果	
	じゃあるまいし、ではあるまいし			又不是…	
す	ずくめ			清一色、全都是、淨是…	
	ずじまいで、ずじまいだ、ずじまいの			（結果）沒…（的）、沒能…（的）、沒…成（的）	
	ずにはおかない、ないではおかない			不能不…；必須…、一定要…、勢必…	
	すら、ですら			就連…都、甚至連…都；連…都不…	

五十音順	文法		中譯	讀書計畫
そ	そばから		才剛…就…、隨…隨…	
た	ただ…	ただ～のみ	只有、才…、只…、唯…	
		ただ～のみならず	不僅…而且、不只是…也	
	たところ…	たところが	…可是…、結果…	
		たところで～ない	即使…也不…、雖然…但不、儘管…也不…	
	だに		一…就…、只要…就…；連…也（不）	
	だの～だの		又是…又是…、一下…一下…、…啦…啦	
	たらきりがない、ときりがない、ばきりがない、てもきりがない		沒完沒了	
	たりとも～ない		那怕…也不（可）…、就是…也不（可）…	
	たる（もの）		作為…的…	
つ	つ～つ		（表動作交替進行）一邊…一邊…、時而…時而…	
て	であれ…	であれ、であろうと	即使…也…、無論…都…	
		であれ～であれ	即使…也…、無論…都、也…也…	
	てからというもの（は）		自從…以後一直、自從…以來	
	てしかるべきだ		應當…、理應…	
	てすむ、ないですむ、ずにすむ		…就行了、…就可以解決；不…也行、用不著…	
	でなくてなんだろう		難道不是…嗎、不是…又是什麼呢	
	ては…	てはかなわない、てはたまらない	…得受不了、…得要命、…得吃不消	
		てはばからない	不怕…、毫無顧忌…	
	てまえ		由於…所以…；…前、…前方	
	てもさしつかえない、でもさしつかえない		…也無妨、即使…也沒關係、…也可以	
	てやまない		…不已、一直…	
と	と～（と）があいまって、～が／は～とあいまって		…加上、與…相結合、與…相融合	
	とあって		由於…（的關係）、因為…（的關係）	
	とあれば		如果…那就…、假如…那就…	
	といい～といい		不論…還是、…也好…也好	
	という…	というか～というか	該説是…還是…	
		というところだ、といったところだ	頂多…；可説…差不多、可説就是…	
	といえども		即使…也…、雖然…可是…	
	といった…	といった	…等的…、…這樣的…	
		といったらない、といったら	…極了、…到不行；一旦…就…	
		といったらありはしない	…之極、極其…、沒有比…更…的了	
	といって～ない、といった～ない		沒有特別的…、沒有值得一提的…	
	といわず～といわず		無論是…還是…、…也好…也好…	
	といわんばかりに、とばかりに		幾乎要説…；簡直就像…、顯出…的神色、似乎…般地	
	ときたら		説到…來、提起…來	
	ところ（を）		雖説是…這種情況，卻還做了…；正…之時	
	としたところで、としたって		即使…是事實，也…；就算…也…	
	とは…	とは	連…也、沒想到…、…這…、…竟然會…；所謂…、是…	
		とはいえ	雖然…但是…	

五十音順	文法		中譯	讀書計畫
と	とみえて、とみえる		看來…、似乎…	
	とも…	ともあろうものが	身為…卻…、堂堂…竟然…、名為…還…	
		ともなく、ともなしに	雖然不清楚是…，但…；無意地、無意中…	
		と（も）なると、と（も）なれば	要是…那就…、如果…就…、一旦處於…就…	
な	ない…	ないではすまない、ずにはすまない、なしではすまない	不能不…、非…不可	
		ないともかぎらない	也並非不…、不是不…、也許會…	
		ないまでも	沒有…至少也…、就是…也該…、即使不…也…	
		ないものでもない、なくもない	也並非不…、不是不…、也許會…	
	ながら、ながらに、ながらの		保持…的狀態；雖然…但是…	
	なく…	なくして（は）～ない	如果沒有…就不…、沒有…就沒有…	
		なくはない、なくもない	也不是沒…、並非完全不…	
	なしに（は）～ない、なしでは～ない		沒有…不、沒有…就不能…；沒有…	
	なみ		相當於…、和…同等程度	
	なら…	ならいざしらず、はいざしらず、だったらいざしらず	（關於）我不得而知…、姑且不論…、（關於）…還情有可原	
		ならでは（の）	正因為…才有（的）、只有…才有（的）；若不是…是不…（的）	
	なり…	なり	剛…就立刻…、一…就馬上…	
		なり～なり	或是…或是…、…也好…也好	
		なりに、なりの	那般…（的）、那樣…（的）、這套…（的）	
に	にあって（は／も）		在…之下、處於…情況下；即使身處…的情況下	
	にいたって（は）、にいたっても		即使到了…程度；至於、談到；到…階段（才）	
	にいたる…	にいたる	最後…、到達…、發展到…程度；最後…	
		にいたるまで	…至…、直到…	
	にかぎったことではない		不僅僅…、不光是…、不只有…	
	にかぎる		就是要…、…是最好的；最好…	
	にかこつけて		以…為藉口、托故…	
	にかたくない		不難…、很容易就能…	
	にして		在…（階段）時才…；是…而且也…；雖然…但是…；僅僅…	
	にそくして、にそくした		依…（的）、根據…（的）、依照…（的）、基於…（的）	
	にたえる、にたえない		經得起…、可忍受…；值得…；不堪…、忍受不住…；不勝…	
	にたる、にたりない		可以…、足以…、值得…；不夠…；不足以…、不值得…	
	にとどまらず（～も）		不僅…還…、不限於…、不僅僅…	
	には…	には、におかれましては	在…來說	
		に（は）あたらない	不需要…、不必…、用不著…；不相當於…	
		にはおよばない	不必…、用不著…、不值得…；不及…	
	にひきかえ～は		與…相反、和…比起來、相較起…、反而…	
	によらず		不論…、不分…、不按照…	
	にもまして		更加地…、加倍的…、比…更…；最…、第一	
の	のいたり（だ）		真是…到了極點、真是…；都怪…、因為…	
	のきわみ（だ）		真是…極了、十分地…、極其…	

五十音順	文法		中譯	讀書計畫
は	はいうにおよばず、はいうまでもなく		不用說…（連）也、不必說…就連…	
	はおろか		不用說…、就連…	
	ばこそ		就是因為…オ…、正因為…オ…	
	はさておき、はさておいて		暫且不說…、姑且不提…	
	ばそれまでだ、たらそれまでだ		…就完了、…就到此結束	
	はどう（で）あれ		不管…、不論…	
ひ	ひとり…	ひとり〜だけで（は）なく	不只是…、不單是…、不僅僅…	
		ひとり〜のみならず〜（も）	不單是…、不僅是…、不僅僅…	
へ	べからず、べからざる		不得…（的）、禁止…（的）、勿…（的）、莫…（的）	
	べく…	べく	為了…而…、想要…、打算…	
		べくもない	無法…、無從…、不可能…	
	べし		應該…、必須…、值得…	
ま	まぎわに（は）、まぎわの		迫近…、…在即	
	まじ、まじき		不該有（的）…、不該出現（的）…	
	まで…	までだ、までのことだ	大不了…而已、只是…、只好…、也就是…；純粹是…	
		まで（のこと）もない	用不著…、不必…、不必說…	
	まみれ		沾滿…、滿是…	
め	めく		像…的樣子、有…的意味、有…的傾向	
も	もさることながら〜も		不用說…、…（不）更是…	
	もなんでもない、もなんともない		也不是…什麼的、也沒有…什麼的、根本不…	
	（〜ば／ても）〜ものを		可是…、卻…；…的話就好了，可是卻…	
や	や、やいなや		剛…就…、一…馬上就…	
を	を〜にひかえて		臨進…、靠近…、面臨…	
	をおいて、をおいて〜ない		除了…之外（沒有）；以…為優先	
	をかぎりに、かぎりで		從…起、從…之後就不（沒）…、以…為分界	
	をかわきりに、をかわきりにして、をかわきりとして		以…為開端開始…、從…開始	
	をきんじえない		不禁…、禁不住就…、忍不住…	
	をふまえて		根據…、以…為基礎	
	をもって…	をもって	以此…、用以…；至…為止	
		をもってすれば、をもってしても	只要用…；即使以…也…	
	をものともせず（に）		不當…一回事、把…不放在眼裡、不顧…	
	をよぎなくされる、をよぎなくさせる		只得…、只好…、沒辦法就只能…；迫使…	
	をよそに		不管…、無視…	
ん	んがため（に）、んがための		為了…而…（的）、因為要…所以…（的）	
	んばかり（だ／に／の）		簡直是…、幾乎要…（的）、差點就…（的）	

022

N1
grammar

JLPT

あっての

有了…之後…才能…、沒有…就不能（沒有）…

類義文法

からこそ

正因為…才…

接續方法 ▶ {名詞}＋あっての＋{名詞}

1 **【強調】**表示因為有前面的事情，後面才能夠存在，強調後面能夠存在，是因為有至關重要的前面的條件，如果沒有前面的條件，就沒有後面的結果了，如例 (1) ～ (3)。

2 〔後項 **もの、こと**〕「あっての」後面除了可接實體的名詞之外，也可接「もの、こと」來代替實體，如例 (4)、(5)。

意思 ～があって、はじめて成立する

類語 ～あるから成り立つ／～がなければ成り立たない

例1 **読者あっての作家だから、いつも読者の興味に注意を払っている。**

有了讀者的支持才能成為作家，所以他總是非常留意讀者的喜好。

山田大師的小説，都能切入一般人感興趣的話題，難怪本本暢銷！

有讀者（前項）這一條件，作家（後項）才能存在啊！作品當然要反應讀者感興趣的話題囉！

2 **お客様あっての商売ですから、お客様は神様です。**

有顧客才有生意，所以要將顧客奉為上賓。

3 **有権者あっての政治家だから、有権者の声に耳を傾けるべきです。**

沒有選民的支持就沒有政治家，因此應該好好傾聽選民的聲音。

4 **彼の筋肉は、日々の努力あってのものだ。**

他的肌肉正是每天努力的成果。

5 **当社の業績が良好なのも、社員の努力あってのことだ。**

本公司能有優良的業績，都要歸功於員工的努力。

いかんだ

1. …如何，要看…、能否…要看…、取決於…；2. …將會如何

接續方法 ▶ {名詞 (の)} ＋いかんだ

1【關連】表示前面能不能實現，那就要根據後面的狀況而定了。前項的事物是關連性的決定因素，決定後項的實現、判斷、意志、評價、看法、感覺。「いかん」是「如何」之意，如例 (1) ～ (4)。

2【疑問】句尾用「いかん／いかに」表示疑問，「…將會如何」之意。接續用法多以「名詞＋や＋いかん／いかに」的形式，如例 (5)。

意思 ～かどうかで（決まる）
類語 ～による／～次第だ

例1 勝利できるかどうかは、チームのまとまりいかんだ。

能否獲勝，就要看團隊的團結與否了。

喝！拔河需要全隊的呼吸和節拍一致，才能打敗對手。

能不能獲勝（前句能不能實現），就要看全隊團不團結了（根據後句的狀況）！

2 合併か倒産かは、社長の決断いかんだ。

會合併或是倒閉，全看老闆的決斷了。

3 今春転勤するかどうかは、上の意向いかんだ。

今年春天是否會職務異動，全看上級的意思了。

4 作文で大切なのは、字の上手下手よりも内容のいかんだ。

作文最重要的，不是字跡的漂亮與否，而是取決於內容的優劣。

5 果たして、佐助の運命やいかん。

究竟結果為何，就要看佐助的造化了。

grammar 003 いかんで（は）
要看…如何、取決於…

接續方法 ▶ {名詞（の）}＋いかんで（は）

【對應】表示後面會如何變化，那就要取決於前面的情況、內容來決定了。「いかん」是「如何」之意，「で」是格助詞。

意思 ～かどうかで（決まる）

類語 ～によって

例1 展示方法いかんで、売り上げは大きく変わる。

隨著展示方式的不同，營業額也大有變化。

營業額能不能有大的改善（後句能不能實現），取決於展示的方法（要看前句的內容來決定了）。

這次北部的展場配合年節氣氛，海報設計也用心，還請明星代言，難怪業績第一。

---

2 品質いかんでは、その会社と取引してもいい。

端看品質如何，也可以考慮和那家公司交易。

3 検査結果いかんで、今後の治療方針が決まる。

根據檢查的結果，來決定今後的治療方向。

4 体調のいかんで、週末の予定は取りやめるかもしれない。

視身體狀況如何，或許會取消週末的預定行程。

5 社長の判断のいかんでは、生産中止もあり得る。

按照總經理的判斷，也可能停止生產。

grammar 004 いかんにかかわらず

無論…都…

類義文法

といわず～といわず
無論是…還是…

接續方法 ▶ {名詞 (の)} ＋いかんにかかわらず

1【無關】 表示不管前面的理由、狀況如何，都跟後面的規定、決心或觀點沒有關係。也就是後面的行為，不受前面條件的限制，強調前項的內容，對後項的成立沒有影響。

2〖いかん＋にかかわらず〗 這是「いかん」跟不受前面的某方面限制的「にかかわらず」(不管…)，兩個句型的結合。

意思 ～に関係なく
類語 ～に関係なく／～のいかんを問わず

例1 本人の意向のいかんにかかわらず、業務命令には従ってもらう。

無論個人的意願如何，都要服從公司的命令。

社長説一，員工就不敢説二。

不管員工個人願不願意(前項的狀況如何)，都不會影響到需遵守公司命令的這一規定(後項的規定)。

---

2 賠償額のいかんにかかわらず、被害者側は和解に応じないつもりだ。

無論賠償金額多寡，被害人方面並不打算和解。

3 審査の結果いかんにかかわらず、ご提出いただいた書類は返却できません。

無論審查結果為何，台端繳交的文件一概不予退還。

4 自覚症状のいかんにかかわらず、手術する必要がある。

無論自覺症狀如何，都必須動手術。

5 理由のいかんにかかわらず、嘘はよくない。

不管有什麼理由，説謊就是不好。

いかんによって（は）

根據…、要看…如何、取決於…

類義文法
からして
從…來看…

接續方法 ▶ {名詞（の）} ＋いかんによって（は）

【依據】表示依據。根據前面的狀況，來判斷後面發生的可能性。前面是在各種狀況中，選其中的一種，而在這一狀況下，讓後面的內容得以成立。

意思 ～かどうかで（決まる）

類語 ～によって／～次第では

例1 回復具合のいかんによって、入院が長引くかもしれない。

看恢復情況如何，可能住院時間會延長。

太郎！叫你騎車不要騎太快！你看現在骨折了吧！什麼時候才能出院啊？

醫生說要看我復原的狀況耶（根據前項的狀況）。說不定要好一陣子才能出院（判斷後項的可能性）。

2 反省の態度のいかんによって、処分が軽減されることもある。

看反省的態度如何，也有可能減輕處分。

3 判定のいかんによって、試合結果が逆転することもある。

根據判定，比賽的結果也有可能會翻盤。

4 話し方いかんによって、相手の受け止め方は変わってくる。

根據講話的方式，對方接受的態度會有所變化。

5 成績のいかんによっては、卒業できないかもしれない。

根據成績的好壞，也有可能畢不了業。

grammar 006 いかんによらず、によらず

不管…如何、無論…為何、不按…

類義文法
にかかわらず
不管…都…

接續方法▶ {名詞 (の)} ＋いかんによらず、{名詞} ＋によらず

1【無關】表示不管前面的理由、狀況如何，都跟後面的規定、決心或觀點沒有關係。也就是後面的行為，不受前面條件的限制，強調前項的內容，對後項的成立沒有影響。

2〖いかん＋によらず〗「如何によらず」是「いかん」跟不受某方面限制的「によらず」(不管…)，兩個句型的結合。

意思 ～に関係なく
類語 ～に関係なく／～ (の) いかんを問わず／～いかんにかかわらず

例1 **理由のいかんによらず、ミスはミスだ。**

不管有什麼理由，錯就是錯。

又弄錯了，你知道這會造成公司多大的損失？

不管什麼樣的藉口（前項的理由如何），都改變不了公司認定是錯誤這一事實（後項的觀點）。

---

2 役職のいかんによらず、配当は平等に分配される。

不管職位的高低，紅利都平等分配。

3 天候のいかんによらず、デモは実行される。

不管天氣如何，抗議遊行照常進行。

4 アメリカで生まれた子供は、親の国籍によらずアメリカの国籍を取得できる。

在美國出生的孩子就可以取得美國國籍，而不管其父母的國籍為何。

5 この政治家は、年齢や性別によらず、幅広い層から支持されている。

這位政治家在不分年齡與性別的廣大族群中普遍得到支持。

うが、うと（も）
不管是…都…、即使…也…

接續方法▶ {[名詞・形容動詞]だろ／であろ；形容詞詞幹かろ；動詞意向形}＋うが、うと（も）

1 **【無關】**表示逆接假定。前常接疑問詞相呼應，表示不管前面的情況如何，後面的事情都不會改變，都沒有關係。後面是不受前面約束的，要接想完成的某事，或表示決心、要求、主張、推量、勸誘等的表達方式，如例 (1) ～ (3)。

2 **〔評價〕**後項大多接「勝手だ、影響されない、自由だ、平気だ」等表示「隨你便、不干我事」的評價形式，如例 (4)、(5)。

意思 ～ても (無関係に)

類語 ～ても

例1 たとえライバルが大企業の社長だろうと、僕は彼女を諦めない。
就算情敵是大公司的老闆，我對她也絕不死心。

我對她的愛比太平洋要深，比玉山要高！就算情敵是大老闆，我也不會輕易放棄！

「うと」（就算…）表示就算對方是大老闆（前面的不利情況），還是不會放棄追求她（後面的事情都不會改變）。

---

2 どんなに苦しかろうが、最後までやり通すつもりだ。
不管有多辛苦，我都要做到完。

3 いくらお金があろうが、毎日が楽しくなければ意味がない。
即使再有錢，如果天天悶悶不樂也就沒意義了。

4 あの人がどうなろうと知ったことではない。
不管那個人會有什麼下場，都不干我的事。

5 他人に何と言われようとも、やりたいようにやる。
不管別人說什麼，只管照著自己想做的去做。

grammar 008 うが〜うが、うと〜うと

不管…、…也好…也好、無論是…還是…

類義文法
であれ〜であれ
無論…都、也…也…

接續方法▶ {[名詞・形容動詞] だろ／であろ；形容詞詞幹かろ；動詞意向形} ＋ うが、うと＋{[名詞・形容動詞] だろ／であろ；形容詞詞幹かろ；動詞意向形} ＋ うが、うと

【無關】 舉出兩個或兩個以上相反的狀態、近似的事物，表示不管前項如何，後項都會成立，都沒有關係，或是後項都是勢在必行的。

意思 〜かどうかに関係なく

類語 〜にせよ〜にせよ

例1 **事実だろうとなかろうと、うわさはもう広まってしまっている。**

不管事實究竟為何，謠言早就傳開了。

那個女星只不過是稍微發胖就被説是懷孕，她還真倒楣。

事情真相究竟為何都不是重點了，「うと〜うと」就能表示出這種語氣。

---

2 **男だろうと女だろうと、人として大切なことは同じだ。**

不管是男人還是女人，人生中重要的事都是相同的。

3 **高かろうが安かろうが、これが欲しいと言ったらこれが欲しい。**

不管昂貴還是便宜，我説我想要就是想要。

4 **あなたが私を好きだろうと嫌いだろうと、痛くもかゆくもない。**

你喜歡我也好，討厭我也罷，對我來説根本不痛不癢。

5 **泣こうがわめこうが、明日の試合で全てが決まる。**

哭泣也好，吶喊也罷，明天的比賽將會決定一切。

grammar 009 うが～まいが

不管是…不是…、不管…不…

類義文法

をとわず

不管…都…

接續方法 ▶ {動詞意向形} ＋うが＋ {動詞辭書形；動詞否定形 (去ない)} ＋まいが

1【無關】表示逆接假定條件。這句型利用了同一動詞的肯定跟否定的意向形，表示無論前面的情況是不是這樣，後面都是會成立的，是不會受前面約束的，如例 (1) ～ (3)。

2〖冷言冷語〗表示對他人冷言冷語的説法，如例 (4)。

3〖同うと～まいと〗用法跟「うと～まいと」一樣，如例 (5)。

意思 ～かどうかに関係なく

類語 ～してもしなくても／～することにしようが／～しないことにしようが

例1 **台風が来ようが来るまいが、出勤しなければならない。**

不管颱風來不來，都得要上班。

聽說颱風可能會登陸耶！不過不管如何我還是得去上班，好多工作等著我去處理！

不管颱風來不來（無論前面的情況是否如此），我都得進公司（後面都會成立）。

---

2 望もうが望むまいが、グローバル化の流れは止まらない。

希望也好，不希望也罷，全球化的浪潮依舊持續推進。

3 この会社は、大学を出ていようがいまいが、実力があれば活躍できる。

這家公司看待員工，不論是不是大學畢業生，只要有實力，就會被賦予重任。

4 真面目に働こうが働くまいが、俺の勝手だ。

不管要認真工作還是不工作，那都是我的自由！

5 彼が賛成しようとするまいと、私はやる。

不管他贊不贊成，我都會做。

grammar 010

うと〜まいと

做…不做…都…、不管…不

類義文法
うが〜まいが
不管是…不是…、不管…不…

接續方法 ▶ {動詞意向形}＋うと＋{動詞辭書形；動詞否定形（去ない）}＋まいと

1 **【無關】** 跟「うが〜まいが」一樣，表示逆接假定條件。這句型利用了同一動詞的肯定跟否定的意向形，表示無論前面的情況是不是這樣，後面都是會成立的，是不會受前面約束的，如例 (1) 〜 (4)。

2 〔冷言冷語〕表示對他人冷言冷語的說法，如例 (5)。

意思 〜かどうかに関係なく

類語 〜ても〜なくても

例1 **売れようと売れまいと、いいものを作りたい。**
不論賣況好不好，我就是想做好東西。

現在多數產品為了壓低成本，品質難以保證。為了消費者的權益與安全，我堅持把關產品的品質！

無論市場接受度是高是低（無論前項情況如何），都堅持做好東西（後項都會成立）。

2 **受け入れようと受け入れまいと、死は誰にでもやって来る。**
不管能不能接受，誰都有面臨死亡的一天。

3 **景気が回復しようとしまいと、私の仕事にはあまり関係がない。**
無論景氣是否恢復，與我的工作沒有太大的相關。

4 **裁判に勝とうと勝つまいと、殺された娘は帰って来ない。**
不管這場官司打贏或打輸，總之被殺死的女兒都不會復活了。

5 **彼女に男がいようといまいと、知ったことではない。**
管她有沒有男朋友，那都不關我的事。

うにも〜ない

即使想…也不能…

類義文法
っこない
不可能…

接續方法▶{動詞意向形}＋うにも＋{動詞可能形的否定形}

1【可能】表示因為某種客觀的原因的妨礙，即使想做某事，也難以做到，不能實現。是一種願望無法實現的說法。前面要接動詞的意向形，表示想達成的目標。後面接否定的表達方式，可接同一動詞的可能形否定形，如例(1)～(3)。

2〖ようがない〗後項不一定是接動詞的可能形否定形，也可能接表示「沒辦法」之意的「ようがない」，如例(4)、(5)。另外，前接サ行變格動詞時，除了用「詞幹＋しようがない」，還可用「詞幹＋のしようがない」。

意思 ～しようと努力してもできない

類語 ～したいが～できない

例1 **語彙が少ないので、文を作ろうにも作れない。**

語彙太少了，想寫句子也寫不成。

剛學日文沒多久，老師竟然要我們用日文寫一篇文章，怎麼寫得出來！

由於知道的字太少的這個客觀因素，使得想寫「文章」這個願望，很難做到。後面要接否定形！

---

2 この天気じゃ、出かけようにも出かけられないね。

依照這個天氣看來，就算想出門也出不去吧。

3 家に帰ってこないので、話そうにも話せない。

他沒有回家，就是想跟他說也沒辦法。

4 彼のことは、忘れようにも忘れようがない。

對他，我就算想忘也忘不了。

5 事故の状況を確認しようにも、電話がつながらず確認のしようがない。

即使想確認事故的狀況，但是電話聯繫不上，根本無從確認起。

うものなら

如果要…的話，就…

類義文法
としたら
如果…的話

接續方法 ▶ {動詞意向形}＋うものなら

【條件】假定條件表現。表示假設萬一發生那樣的事情的話，事態將會十分嚴重。後項一般是嚴重、不好的事態。是一種比較誇張的表現。

意思	もし～なら
類語	しようものなら

例1 **昔は、親に反抗しようものならすぐに叩かれたものだ。**

以前要是敢反抗父母，一定會馬上挨揍。

以前的父母可是很嚴厲的，小孩動不動就被扁！愛就是要讓孩子多一點磨練！

「ものなら」前接要是發生了「反抗父母」這件事，就會發生「馬上被挨揍」這一嚴重的事了。

---

2 あの犬は、ちょっとでも近づこうものならすぐ吠えます。

只要稍微靠近那隻狗就會被吠。

3 彼は、女性にちょっと優しくされようものなら、「アイツは俺に気がある」と思い込む。

他呀，只要女生對他稍微溫柔一點，就會認定「那傢伙對我有意思」。

4 もし浮気でもしようものなら、妻に殺されるに違いない。

假如我發生外遇，肯定會被妻子殺死的。

5 教室で騒ごうものなら、先生にひどく叱られます。

只要敢在教室裡吵鬧，肯定會被老師罵得很慘。

かぎりだ

1. 真是太…、…得不能再…了、極其…；2. 只限…

接續方法▶ {名詞；形容詞辭書形；形容動詞詞幹な} ＋限りだ

1【極限】表示喜怒哀樂等感情的極限。這是說話人自己在當時，有一種非常強烈的感覺，這個感覺別人是不能從外表客觀地看到的。由於是表達說話人的心理狀態，一般不用在第三人稱的句子裡。

2【限定】如果前接名詞時，則表示限定，這時大多接日期、數量相關詞，如「制服を着るのも今日限りだ」（穿制服也只限本日了）。

意思 とても～
類語 ～きわみだ

例1 孫の花嫁姿が見られるとは、うれしい限りだ。

能夠看到孫女穿婚紗的樣子，真叫人高興啊！

花兒！真美啊！
一定要幸福喔！

能看到最疼愛的孫女出嫁的樣子，老奶奶心裡高興得不得了！「かぎりだ」前接「うれしい」（高興），表示高興的程度已經達到頂點了。

2 あんなすてきな人と結婚できて、うらやましい限りだ。

能和條件那麼好的人結婚，實在讓人羨慕極了。

3 そんなことも知らなかったとは、お恥ずかしい限りです。

連那種事都不知道，實在是丟臉到了極點。

4 留学するためとはいえ、いろいろな書類を揃えるのは面倒な限りだ。

雖說是為了留學，但還要準備各式各樣的文件，實在是麻煩得要命。

5 好きな人と結婚できて、幸せな限りです。

能和心愛的人結婚，可以說是無上的幸福。

がさいご、たらさいご

（一旦…）就必須…、（一…）就非得…

類義文法

からには
既然…，就…

接續方法 ▶ {動詞た形}＋が最後、たら最後

1 **【條件】** 假定條件表現。表示一旦做了某事，就一定會產生後面的情況，或是無論如何都必須採取後面的行動。後面接説話人的意志或必然發生的狀況，且後面多是消極的結果或行為，如例（1）～（3）。

2 〖**たら最後～可能否定**〗「たら最後」的接續是「動詞た形＋ら＋最後」而來的，是更口語的説法，句尾常用可能形的否定，如例（4）、（5）。

意思 もし～なら
類語 一旦〜したら／〜すると、もう必ず

例1 契約にサインしたが最後、その通りにやるしかない。

一旦在契約上簽了字，就只能按照上面的條件去做了。

那份契約怎麼看都不合理，保留款要那麼多。哎！不景氣也沒辦法了。

一旦做了簽合約的動作（一旦做了某事），就只能按契約走了（後面都必須採取的行動，消極的行為）。

---

2 横領がばれたが最後、会社を首になった上に妻は出て行った。

盜用公款一事遭到了揭發之後，不但被公司革職，到最後甚至連妻子也離家出走了。

3 これを逃したら最後、こんなチャンスは二度とない。

萬一放過了這一次，就再也不會遇到第二次機會了。

4 ここをクリックしたら最後、もう元には戻せないから気をつけてね。

要小心喔，按下這個按鍵以後，可就再也沒辦法恢復原狀了。

5 この地に足を踏み入れたが最後、一生出られない。

一旦踏進這個地方，就一輩子出不去了。

015 かたがた

順便…、兼…、一面…一面…、邊…邊…

接續方法 ▶ {名詞}＋かたがた

【附帶】表示在進行前面主要動作時，兼做（順便做、附帶做）後面的動作。也就是做一個行為，有兩個目的。前接動作性名詞，後接移動性動詞。前後的主語要一樣。大多用於書面文章。

意思 ～がてら

類語 ～のついでに／～しがてら（AかたがたB、A為主要動作）

例1 帰省かたがた、市役所に行って手続きをする。

返鄉的同時，順便去市公所辦手續。

這次的年假，就回家看看老爸老媽吧！順便去市公所辦一下事。

「かたがた」（順便）表示進行前面主要動作「返鄉」時，再順便做後面的事情「到市公所辦手續」。

---

2 出張かたがた、昔の同僚に会ってこよう。

出差時，順道去拜訪以前的同事吧！

---

3 会社訪問かたがた、先輩にも挨拶しておこう。

拜訪公司的同時，也順便跟前輩打個招呼吧！

---

4 結婚の報告かたがた、恩師を訪ねた。

去拜訪了恩師，順便報告自己即將結婚。

---

5 以上、お礼かたがたご報告申し上げます。

以上，謹此報告並敬表謝意。

かたわら

1. 一邊…一邊…、同時還…；2. 在…旁邊

類義文法

かたがた
順便…

接續方法 ▶ {名詞の；動詞辭書形} ＋かたわら

1【附帶】表示集中精力做前項主要活動、本職工作以外，在空餘時間之中還兼做（附帶做）別的活動、工作。前項為主，後項為輔，且前後項事情大多互不影響，如例 (1) ～ (4)。跟「ながら」相比，「かたわら」通常用在持續時間較長的，以工作為例的話，就是在「副業」的概念事物上。

2【身旁】在身邊、身旁的意思，如例 (5)。用於書面。

意思 ～する一方で
類語 ～一方で、別に（A傍らB、A為主要動作）

例1 **支店長として多忙を極めるかたわら、俳人としても活動している。**

他一邊忙碌於分店長的工作，一邊也以俳人的身分活躍於詩壇。

他真是多才多藝。

「かたわら」表示除了從事主要的工作「分店長的工作」，閒暇時也從事副業「也以俳人的身分活躍於詩壇」。當分店長跟俳人兩工作互不影響。

2 彼女は執筆のかたわら、あちこちで講演活動をしている。

她一面寫作，一面到處巡迴演講。

3 妻は主婦業のかたわら、株でもうけている。

妻子是家庭主婦，同時也靠股票賺錢。

4 銀行に勤めるかたわら、小説も書いている。

一面在銀行工作，一面也寫小說。

5 はしゃいでいる妹のかたわらで、姉はぼんやりしていた。

妹妹歡鬧不休，一旁的姊姊卻愣愣地發呆。

がてら

1.順便、在…同時、借…之便；2.一邊…，一邊…

類義文法

ながら
一邊…一邊…

接續方法▶ {名詞；動詞ます形}＋がてら

1【附帶】表示在做前面的動作的同時，借機順便（附帶）也做了後面的動作。大都用在做後項，結果也可以完成前項的場合，也就是做一個行為，有兩個目的，後面多接「行く、歩く」等移動性相關動詞，如例 (1) ～ (5)。

2【同時】表示兩個動作同時進行，前項動作為主，後項從屬於前項。意思相當於「ながら」。例如：「勉強しがてら音楽を聞く／一邊學習一邊聽音樂」。

|意思| ～しながら、そのついでに

|類語| ～のついでに（AがてらB、A為主要動作）

例1 **自分の診察がてら、おじいちゃんの薬ももらって来る。**

我去看病時，順便領爺爺的藥回來。

今天我要去看醫生！啊！爺爺你的藥也沒了！那我就順便幫你拿囉！

「がてら」表示在看病的同時，也藉機順便完成「拿回爺爺的藥」這一動作。

---

2 **運動がてら、自転車で通勤している。**

平常都騎自行車上班，順便運動。

3 **孫を迎えに行きがてら、パン屋に寄る。**

去接孫子，順便到麵包店。

4 **パソコンで遊びがてら写真を加工してみた。**

嘗試用電腦好玩地把照片加上了後製。

5 **散歩がてら、祖母の家まで行ってきた。**

散步時順道繞去了祖母家。

（か）とおもいきや

原以為…、誰知道…

接續方法 ▶ {[名詞・形容詞・形容動詞・動詞] 普通形；引用的句子或詞句} ＋ （か）と思いきや

1【預料外】表示按照一般情況推測，應該是前項的結果，但是卻出乎意料地出現了後項相反的結果，含有説話人感到驚訝的語感。後常跟「意外に（も）、なんと、しまった、だった」相呼應。本來是個古日語的説法，而古日語如果在現代文中使用通常是書面語，但「（か）と思いきや」多用在輕鬆的對話中，不用在正式場合。是逆接用法。

2〖印象〗前項是説話人的印象或瞬間想到的事，而後項是對此進行否定。

意思 〜かと思ったら、意外にも〜
類語 〜と思ったところが、意外にも〜

例1 素足かと思いきや、ストッキングを履いていた。

原本以為她打赤腳，沒想到是穿著絲襪。

她的腳又白又光滑！咦！？有穿絲襪嗎？

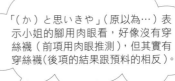

「（か）と思いきや」（原以為…）表示小姐的腳用肉眼看，好像沒有穿絲襪（前項用肉眼推測），但其實有穿絲襪（後項的結果跟預料的相反）。

---

2 難しいかと思いきや、意外に簡単だった。

原以為很困難的，卻出乎意料的簡單。

3 5,000 円で十分かと思いきや、消費税を足して 5,040 円だった。

本來以為 5,000 圓就綽綽有餘，想不到加上消費稅後變成 5,040 圓了。

4 さっき出発したかと思いきや、3 分で帰ってきた。

以為他剛出發了，誰知道才過三分鐘就回來了。

5 父は許してくれまいと思いきや、応援すると言ってくれた。

原本以為父親不會答應，沒料到他竟然説願意支持我。

がはやいか

剛一…就…

類義文法
や、やいなや
剛…就…

接續方法 ▶ {動詞辭書形}＋が早いか

1 【時間前後】表示剛一發生前面的情況，馬上出現後面的動作。前後兩動作連接十分緊密，前一個剛完，幾乎同時馬上出現後一個。由於是客觀描寫現實中發生的事物，所以後句不能用意志句、推量句等表現。

2 〔がはやいか～た〕後項是描寫已經結束的事情，因此大多以過去時態「た」來結束。

意思 ～と、すぐ
類語 ～すると即座に

例1 娘の顔を見るが早いか、抱きしめた。

一看到女兒的臉，就緊緊地抱住了她。

櫻子走失了，爸爸急死了！看到警察伯伯牽著櫻子走過來的時候，爸爸忍不住衝上前抱住櫻子大哭。

「が早いが」強調一看到女兒，幾乎同時，就做了後面的「緊緊地抱住了」的動作。

---

2 デビューするが早いか、たちまち人気アイドルになった。

才剛剛出道，立刻一躍而成人氣偶像了。

3 彼はいつも、終業時間が来るが早いか退社する。

他總是一到下班時間就立刻離開公司。

4 横になるが早いか、いびきをかきはじめた。

一躺下來就立刻鼾聲大作。

5 店頭に商品が並ぶが早いか、たちまち売り切れた。

商品剛擺上架，立刻就銷售一空。

がゆえ（に）、がゆえの、（が）ゆえだ

grammar 020

因為是…的關係；…才有的…

接續方法▶ {[名詞・形容動詞詞幹]（である）;[形容詞・動詞] 普通形} ＋
（が）故（に）、（が）故の、（が）故だ

1【原因】是表示原因、理由的文言說法，如例 (1) ～ (3)。

2〔故の＋ N〕使用「故の」時，後面要接名詞，如例 (4)。

3〔省略に〕「に」可省略，如例 (5)。書面用語。

意思 ～から（書き言葉）

類語 ～ので、～のために、～が原因で

例1 電話で話しているときもついおじぎをしてしまうのは、日本
人であるが故だ。

由於身為日本人，連講電話時也會不由自主地鞠躬行禮。

日本的鞠躬文化，已經在
生活中根深蒂固，就算講
電話看不到對方，還是會
不自主地頻頻鞠躬。

「ゆえ」(緣故) 是表示原因，
為什麼講電話會鞠躬呢？因
為是日本人的習慣嘛！

2 命は、はかない（が）故に貴い。

生命無常，因此更顯得可貴。

3 厳しいことを言うのも、君のためを思うが故だ。

之所以嚴厲訓斥，也是為了你好。

4 事実を知ったが故の苦しみもある。

有時認清事實，反而會讓自己痛苦。

5 若さ故（に）、過ちを犯すこともある。

年少也會因輕狂而犯錯。

からある、からする、からの

足有…之多…、値…、…以上

類義文法

だけある
足有…

接続方法▶{名詞 (數量詞)}＋からある、からする、からの

1【數量多】前面接表示數量的詞，強調數量之多。含有「目測大概這麼多，説不定還更多」的意思。前面接的數量，多半是超乎常理的。前面接的數字必須為尾數是零的整數，一般數量、重量、長度跟大小用「からある」，價錢用「からする」，如例 (1)～(4)。

2〔からのN〕後接名詞時，「からの」一般用在表示人數及費用時。如例 (5)。

意思 ～(數量)を越える

類語 ～以上ある

例1 10キロからある大物の魚を釣った。

釣到了一條起碼重達十公斤的大魚。

釣到了！釣到了！哇！是條大魚耶！我看至少有十公斤重吧！

「からある」（有…）前接重量「10キロ」（十公斤），強調看到所釣到的魚很重，絕不少於「10キロ」這個重量。

2 20キロからあるスーツケースを一人で運んだ。

一個人搬了重達二十公斤的行李箱。

3 彼の絵は小さな作品でも20万円前後から高いもので200万円からするものまであります。

他的畫作就算是小幅畫作也要從二十萬圓左右起跳，高價的甚至要價兩百萬圓。

4 あの俳優は今晩、一泊140万円からするホテルに泊まる。

那個演員今晚住在一晚要價一百四十萬圓的飯店。

5 祭りには10万人からの観光客が訪れた。

超過十萬人以上的觀光客參加了這場祭典。

かれ～かれ

或…或…、是…是…

類義文法
うが～うが、うと～うと
無論是…還是…

接續方法▶ {形容詞詞幹}＋かれ＋{形容詞詞幹}＋かれ

1【無關】接在意思相反的形容詞詞幹後面，舉出這兩個相反的狀態，表示不管是哪個狀態、哪個場合都如此、都無關的意思。原為古語用法，但「遅かれ早かれ」（遲早）、「多かれ少なかれ」（或多或少）、「善かれ悪しかれ」（不論好壞）已成現代日語中的慣用句用法。

2〔あしかれ、よかれ〕要注意「善(い)かれ」古語形容詞不是「いかれ」而是「よかれ」，「悪(わる)い」不是「悪(わる)かれ」，而是「悪(あ)しかれ」。

意思 ～くても～くても同じことが言える

類語 いずれにせよ

例1 あの二人が遅かれ早かれ別れることは、目に見えていた。

那兩個人遲早都會分手，我早就料到了。

家世懸殊再加上觀念不合，他們感情破局我一點也不意外。

「遅かれ早かれ」的意思是「遲早都會」，這是慣用用法。

---

2 どんな人にも、遅かれ早かれ死が訪れる。

不管是誰，早晚都難逃一死。

---

3 人には、多かれ少なかれ悩みがあるものだ。

人，多多少少總有煩惱。

---

4 善かれ悪しかれ、私達はグローバル化の時代に生きているのだ。

不管是好是壞，我們就是生活在國際化的時代。

---

5 親の生き方は、善かれ悪しかれ、子に影響を及ぼす。

父母的生活方式，不管是好還是壞，都會對兒女造成影響。

きらいがある

有一點…、總愛…、有…的傾向

接續方法▶ {名詞の；動詞辭書形} ＋きらいがある

1 **【傾向】** 表示某人有某種不好的傾向，容易成為那樣的意思。多用在對這不好的傾向，持批評的態度。而這種傾向從表面是看不出來的，是自然而然容易變成那樣的。它具有某種本質性，漢字是「嫌いがある」，如例 (1)～(4)。

2 〖どうも～きらいがある〗一般以人物為主語。以事物為主語時，多含有背後為人物的責任，如例 (5)。書面用語。常用「どうも～きらいがある」。

3 〖すぎるきらいがある〗常用「すぎるきらいがある」的形式。例如「深く考えすぎるきらいがある／容易胡思亂想（想太多）。」

意思 ～（よくない）傾向がある

類語 ～がちだ

例1 **嫌なことがあるとお酒に逃げるきらいがある。**

一旦面臨討厭的事情，總愛藉酒來逃避。

> 田中今天又喝得醉醺醺的，是不是又被老闆罵了？哎！他總是這樣…。

> 「きらいがある」前接「お酒に逃げる」表示一遇到厭煩的事，就有「借酒澆愁」這一不好的傾向。

2 **あの政治家は、どうも女性蔑視のきらいがあるような気がする。**

我覺得那位政治家似乎有蔑視女性的傾向。

3 **彼はすぐ知ったかぶりをするきらいがある。**

他有不懂裝懂的毛病。

4 **このごろの若い者は、歴史に学ばないきらいがある。**

近來的年輕人，似乎有不懂得從歷史中記取教訓的傾向。

5 **あの新聞は、どうも左派寄りのきらいがある。**

那家報紙似乎有偏左派的傾向。

ぎわに、ぎわの

臨到…、在即…、迫近…

類義文法
がけ (に)
臨…時…

1 **【時點】**{動詞ます形}＋ぎわに、ぎわの＋{名詞}。表示事物臨近某狀態，或正當要做什麼的時候，如例 (1)、(2)。

2 **【界線】**{動詞ます形}＋ぎわに；{名詞の}＋きわに。表示和其他事物間的分界線，特別注意的是「際」原形讀作「きわ」，常用「名詞の＋際」的形式，如例 (3)～(5)。常用「瀬戸際（せとぎわ）」（關鍵時刻）、「今わの際（いまわのきわ）」（臨終）的表現方式。

意思 ～なろうとするそのとき

類語 ～する直前に、～する寸前

例1 **白鳥は、死にぎわに美しい声で鳴くといわれています。**
據説天鵝瀕死之際會發出凄美的聲音。

傳説天鵝在失去伴侶後，悲傷難抑，臨死之前會發出凄美的叫聲！

「ぎわに」表示頻臨「死亡」這一狀態下，會發生後面的「發出凄美的叫聲」這一事情。

2 **散りぎわの桜は、はかなくて切ないものです。**
開始凋謝飄零的櫻花，散落一地的虛無與哀愁。

3 **目の際に、小さなできものができました。**
我的眼睛附近長出了一粒東西。

4 **今こそ、会社が生き残れるか否かの瀬戸際だ。**
此時正是公司存亡與否的關鍵時刻。

5 **祖父は、いまわの際に、先祖伝来の財宝のありかを言い残した。**
爺爺臨終前交代了歷代傳承財寶的所在位置。

grammar 025 きわまる

極其…、非常…、…極了

類義文法

かぎりだ
極其…

1【極限】{形容動詞詞幹}＋きわまる。形容某事物達到了極限，再也沒有比這個更為極致了。這是説話人帶有個人感情色彩的説法。是書面用語。如例（1）～（3）。

2〖Ｎ（が）きわまって〗{名詞（が）}＋きわまって。前接名詞，如例（4）、（5）。

3〖前接負面意義〗常接「勝手、大胆、失礼、危険、残念、贅沢、卑劣、不愉快」等，表示負面意義的形容動詞詞幹之後。

意思 非常に～だ

類語 とても～である／たいへん～である

例1 毎日同じことの繰り返しで、退屈きわまる。

每天都重複做相同的事情，無聊到了極點。

現在的生活實在是乏味極了！每天一樣的作息，一樣的工作內容，這樣的日子真難熬…。

用「きわまる」（非常…）表示每天進行一成不變的事情，「退屈」（無聊）的狀態已經到達極限，不知道怎麼形容了。

---

2 戦地へ赴くなんて、危険きわまる。

居然要去戰場，實在太危險了！

3 奴の言いようは無礼きわまる。

那傢伙講話的態度真是無禮至極！

4 多忙がきわまって体調を崩した。

過於忙碌，而弄垮了身體。

5 大勢の人に迎えられ感激きわまった。

這麼多人來迎接我，真叫人是感激不已。

grammar 026 きわまりない

極其…、非常…

接續方法 ▶ {形容詞辭書形こと；形容動詞詞幹（なこと）}＋きわまりない

1 【極限】「きわまりない」是「きわまる」的否定形，雖然是否定形，但沒有否定意義，意思跟「きわまる」一樣。「きわまりない」是形容某事物達到了極限，再也沒有比這個更為極致了，這是説話人帶有個人感情色彩的説法，跟「きわまる」一樣。

2 〔前接負面意義〕前面常接「残念、残酷、失礼、不愉快、不親切、不可解、非常識」等負面意義的漢語。另外，「きわまりない」還可以接在「形容詞、形容動詞＋こと」的後面。

意思 非常に〜だ

類語 とても〜である／たいへん〜である

例1 彼女の対応は、失礼きわまりない。

她的應對方式，太過失禮了。

本來很高興兒子帶女友來家裡玩，但發現兒子的女友不但不主動打招呼，跟她説話時還一臉不耐煩，實在太失禮了。

「きわまりない」（非常…）是表示從説話人角度來看，對方「失礼」（失禮）的程度已經到了極限，大到不行了。

2 奴の運転は、荒っぽいこときわまりない。

那傢伙開車的樣子簡直像不要命。

3 彼女に四六時中監視されているようで、わずらわしいこときわまりない。

女友好像時時刻刻都在監視我，簡直把我煩得要命！

4 あと少しだったのに、残念なこときわまりない。

只差一點點就達成了，真是令人遺憾無比。

5 このビジネスは、単調なこときわまりない。

這份事務工作非常枯燥乏味。

grammar 027
くらいなら、ぐらいなら

與其…不如…（比較好）、與其忍受…還不如…

類義文法
より〜むしろ 與其…，還不如…

接續方法▶ {動詞辭書形}＋くらいなら、ぐらいなら

1 【比較】表示與其選擇情況最壞的前者，不如選擇後者。說話人對前者感到非常厭惡，認為與其選叫人厭惡的前者，不如後項的狀態好。

2 〖～方がましだ等〗常用「くらいなら〜方がましだ、くらいなら〜方がいい」的形式，為了表示強調，後也常和「むしろ」（寧可）相呼應。「ましだ」表示雖然兩者都不理想，但比較起來還是這一方好一些。

意思 ～ことをがまんするより

類語 ～するより

例1 浮気（うわき）するぐらいなら、むしろ別（わか）れたほうがいい。

如果要移情別戀，倒不如分手比較好。

> 那不是花子的男朋友嗎？好花心喔！長得又不怎麼樣！

> 「ぐらいなら」表示，與其選擇「移情別戀」這讓人討厭的前者，那倒不如選擇差強人意的後者「分手」。

---

2 コンビニ弁当（べんとう）、捨（す）てるくらいなら、値引（ねび）きすればいいのでは。

與其把便利商店的過期便當盒丟掉，不如降價賣掉不是比較好？

3 謝（あやま）るぐらいなら、最初（さいしょ）からそんなことしなければいいのに。

早知道要道歉，不如當初別做那種事就好了嘛！

4 書（か）き直（なお）すくらいなら、初（はじ）めからていねいに書（か）きなさいよ。

早知道必須重寫，不如起初就仔細書寫，那樣不是比較好嗎？

5 あんな人（ひと）と結婚（けっこん）させられるぐらいなら、死（し）んだ方（ほう）がましです。

假如逼我和那種人結婚的話，我不如去死還來得乾脆。

grammar 028 ぐるみ

全部的…

類義文法

ずくめ

全都是、淨是…

接續方法 ▶ {名詞}＋ぐるみ

【範圍】表示整體、全部、全員。前接名詞時，通常為慣用表現。

意思 ～を含めて全部

類語 ～いっしょに

例1 強盗に身ぐるみはがされた。

被強盜洗劫一空。

「ぐるみ」前面接名詞，表示全部。

土匪把我全身上下值錢的東西都拿走了，太可惡了！

2 お祭りに観光客がたくさん来てくれるよう、町ぐるみで取り組む。

為了讓許多觀光客前來祭典，全村都忙了起來。

3 これは組織ぐるみの違法行為に違いない。

那毫無疑問的是整個組織犯下的違法行為。

4 林田さんとは、家族ぐるみのお付き合いをしている。

我和林田先生兩家平常都有來往。

5 子育ては地域ぐるみでサポートすべきだ。

養育孩子應該要由地區全體居民共同協助。

こそあれ、こそあるが

1. 雖然、但是；2. 只是（能）

類義文法
とはいえ
雖然…但是…

接續方法▶ {名詞；形容動詞て形}＋こそあれ、こそあるが

1 【逆接】為逆接用法。表示即使認定前項為事實，但説話人認為後項才是重點，如例（1）、（2）。「こそあれ」是古語的表現方式，現在較常使用在正式場合或書面用語上。

2 【強調】有強調「是前項，不是後項」的作用，比起「こそあるが」，更常使用「こそあれ」。此句型後面常與動詞否定形相呼應使用。如例（3）～（5）。

意思 ～があるけれども／～であるけれども

例1 程度の差こそあれ、人は誰でもストレスを感じながら生きているものです。

雖然有程度的差距，但不管是誰都懷抱著壓力而活著。

大家或多或少都有壓力，你也要適時地「ストレス発散」（發洩壓力）呀！

「こそあれ」的意思是「雖然…不過…」。

2 彼は真面目でこそあるが、優柔不断なところが欠点だ。

他是很認真沒錯，但是優柔寡斷是他的缺點。

3 子供が悪いことをしたら叱るのは、親の義務でこそあれ、虐待ではない。

小孩做錯事而訓斥他，只是父母的義務，談不上是虐待。

4 私は親に恨みこそあれ、恩義などない。

我對父母只有恨意，沒有恩情。

5 あの人は、財産こそあれ、人としての心がない。

那個人有的只是財產，並沒有人性。

grammar 030

こそすれ
只會…、只是…

類義文法
までだ、までのことだ
只是…；純粹是…

接續方法 ▶ {名詞；動詞ます形}＋こそすれ

【強調】後面通常接否定表現，用來強調前項才是正確的，而不是後項。

意思 ～があるけれども／～をするけれども

例1 これ以上放っておけば、今後地球環境は悪くなりこそすれ、良くなることは決してありません。

　　再繼續棄之不理的話，今後地球環境只會惡化，絕對不會好轉的。

我們只有一個地球，大家要用行動來愛地球喔！

「こそすれ」表示事情只會如此，通常用來表示負面的事態。

2 新しい政府の顔ぶれを見ても、失望こそすれ、希望などまったくわいてこなかった。

　　看到新政府的幕僚，只有感到失望，完全沒有湧現任何希望。

3 私は彼の才能を称賛こそすれ、嫉妬などしていない。

　　我對他的才華只有讚賞，沒有嫉妒。

4 両国の関係は、今後も強まりこそすれ、弱まることはないだろう。

　　兩國間的關係今後應當會愈形強化，而不至於愈發疏遠吧。

5 山田さんは、ダイエットしようと言っていながらあの食べ方では、体重は増えこそすれ、減ることはないよ。

　　山田小姐說要減肥，但依照她的吃法，體重只會增加，不會減輕的喔！

ごとし、ごとく、ごとき

如…一般（的）、同…一様（的）

類義文法
ような 像…一様

1 **【比喩】**{名詞の；動詞辭書形；動詞た形}＋（が）如し、如く、如き。好像、宛如之意，表示事實雖然不是這樣，如果打個比方的話，看上去是這樣的，「ごとし」是「ようだ」的古語。如例 (1)、(2)。

2 〖格言〗出現於中國格言中，如例 (3)。

3 〖Ｎごとき（に）〗{名詞}＋如き（に）。「ごとき（に）」前接名詞如果是別人時，表示輕視、否定的意思，相當於「なんか（に）」；如果是自己「私」時，則表示謙虛，如例 (4)、(5)。

4 〖位置〗「ごとし」只放在句尾；「ごとく」放在句中；「ごとき」可以用「ごとき＋名詞」的形式，形容「宛如…的…」。

意思	「～ようだ」（比況）の古い言い方
類語	と同じだ

例1 彼女は天使の如き微笑で、みんなを魅了した。

她用宛如天使般的微笑，讓眾人入迷。

剛出道的小愛，就引起所有人的注目，到底魅力在哪裡呢？

看「如き」（如…一般）前面，原來小愛的笑容像「天使」一樣天真 無邪，就用這笑容讓大家著迷的。

---

2 父の死に顔は、眠っているが如く安らかだった。

父親當時的遺容宛如沉睡般安詳。

3 光陰矢の如し。

光陰似箭。

4 私如きがやらせていただいていいんですか。

如此重任交給像我這樣的人來做真的可以嗎？

5 お前如きが俺に勝てると思うのか。

就憑你這種貨色，以為贏得了我嗎？

grammar 032 ことだし

由於…

類義文法
てまえ
由於…所以…

接續方法▶ {[名詞・形容動詞詞幹] である；形容動詞詞幹な；[形容詞・動詞] 普通形}＋ことだし

1 【原因】後面接決定、請求、判斷、陳述等表現，表示之所以會這樣做、這樣認為的理由或依據。表達程度較輕的理由，語含除此之外，還有別的理由。是口語用法，語氣較為輕鬆。

2 〚ことだし＝し〛意義、用法和單獨的「し」相似，但「ことだし」更得體有禮。

[類語] から、ので

例1 まだ早いけれど、目が覚めてしまったことだし、起きよう。

雖然還早，但都已經醒來了，起床吧！

難得不用上班，雖然想睡晚一點…但醒著也是醒著，不如早點享受假日吧！

「ことだし」是口語用法喔！

---

2 中国は父の故郷であることだし、一度は行ってみたい。

中國既是父親的故鄉，我想去一趟看看。

3 もう随分遅いことだし、そろそろ失礼します。

時間也不晚了，我該告辭了。

4 今日は晴れて空気がきれいなことだし、ハイキングにでも行くことにしよう。

今天天氣晴朗，空氣又清新，登山健行去吧！

5 家事も終ったことだし、買い物がてら、コーヒーでも飲もう。

因為做完家事了，購物的同時，順便去喝杯咖啡吧！

こととて

1.（總之）因為…；3.雖然是…也…

接續方法▶ {名詞の；形容動詞詞幹な；[形容詞・動詞] 普通形}＋こととて

1【原因】 表示順接的理由、原因。常用於道歉或請求原諒時，後面伴隨著表示道歉、請求原諒的理由，或消極性的結果，如例 (1) ～ (3)。

2〖古老表現〗 是一種正式且較為古老的表現方式，因此前面也常接古語。「こととて」是「ことだから」的書面語。如例 (4)。

3【逆接條件】 表示逆接的條件，「雖然是…也…」的意思，如例 (5)。

意思 ほかでもない〜だから

類語 〜ことなので／〜ことだから／〜こととはいえ／〜だからとはいえ

例1 初めてのこととて、すっかり緊張してしまった。

由於是第一次遇到的狀況，緊張得不得了。

第一次接到客戶的抱怨電話，聽到對方的怒吼聲，讓我當下緊張到手腳發冷發抖。

「こととて」（因為…）前接理由，因為是「初めてのこと」（第一次遇到的狀況），後接「緊張」（緊張）的狀態。

---

2 不慣れなこととて（≒慣れないこととて）、行き届かないところも多々あったかと存じます。

由於還不熟練，想必有許多未盡周到之處。

3 子供のしたこととて、どうかお許しください。

畢竟是小孩犯的錯，望請寬宏大量。

4 慣れぬこととて、失礼いたしました。

因為不習慣，所以失禮了。

5 知らぬこととて、許される過ちではない。

這不是說不知道，就可以被原諒的。

ことなしに、なしに

1. 不…就…、沒有…；2. 不…而…

類義文法

あっての

不…就…

接續方法 ▶ {動詞辭書形}＋ことなしに；{名詞}＋なしに

1 【非附帶】「なしに」接在表示動作的詞語後面，表示沒有做前項應該先做的事，就做後項，含有指責的語氣。意思跟「ないで、ず(に)」相近。書面用語，口語用「ないで」，如例 (1) ～ (3)。

2 【必要條件】「ことなしに」表示沒有做前項的話，後面就沒辦法做到的意思，這時候，後多接有可能意味的否定表現，口語用「しないで～ない」，如例 (4)、(5)。

意思 ～しないで／～しないで～ない

類語 ～しないままで／～なしに～ない

例 1 **何の説明もなしに、いきなり彼女に「もう会わない」と言われた。**

連一句解釋也沒有，女友突然就這麼扔下一句「我不會再跟你見面了」。

今天興匆匆地帶女友去吃了一頓久違的大餐，沒想到吃飽後，她突然臉色一沉，說：「我不會再跟你見面了」，然後轉身就揚長而去。

到底怎麼回事？「何の説明もなしに」(沒有任何解釋)表示沒有先做前項，就做後項「突然被女友告知要分手」。

---

2 **電話の一本もなしに外泊するなんて、心配するじゃないの。**

連打通電話說一聲都沒有就擅自在外面留宿，家裡怎麼會不擔心呢！

3 **我々への連絡なしに、計画が変更されていた。**

沒有聯絡我們就擅自更改了計畫。

4 **人と接することなしに、人間として成長することはできない。**

不與人相處，就無法成長。

5 **苦しみを知ることなしに、喜びは味わえない。**

沒有受過痛苦，就無法嘗到喜悅。

この、ここ〜というもの

整整…、整個…來

類義文法

にいたるまで
…至…、直到…

接續方法 ▶ この、ここ＋{期間・時間}＋というもの

【強調期間】前接期間、時間等表示最近一段時間的詞語，表示時間很長，「這段期間一直…」的意思。説話人對前接的時間，帶有感情地表示很長。後項的狀態一般偏向消極的，是跟以前不同的、不正常的。

意思 〜という長い間／〜の間、ずっと〜

類語 〜の間、ずっと〜

例1 **ここ数週間というもの、休日もひたすら仕事に追われていました。**

最近連續幾星期的假日都在加班工作。

唉！工作堆積如山，已經好幾個星期六、日都沒休息了，鬱悶啊〜。

以「ここ」開頭，「というもの」呼應，表示感嘆「幾個星期」都連續在做後面的「加班工作」。

---

2 この10年間というもの、私は夫のいびりに耐えてきた。

這十年來，我一直忍耐著丈夫的鼾聲。

3 この2年間というもの、彼女のことを思わない日は1日もなかった。

這兩年以來，我沒有一天不思念她。

4 ここ数日というもの、睡眠不足で会社でも眠気が襲ってくる。

這幾天連續失眠，在公司裡也睏意襲人。

5 ここ1週間というもの、ろくなものを食べていない気がします。

我覺得我這一個禮拜，都沒有吃到像樣的三餐。

（さ）せられる

不禁…、不由得…

類義文法
てやまない
…不已、不由得…

接續方法 ▶ ｛動詞使役被動形｝＋（さ）せられる

【強調感情】 表示說話者受到了外在的刺激，自然地有了某種感觸。

例1 この本には、考えさせられた。

這本書不禁讓我思考了許多。

太宰治的「人間失格」不愧是名作，我看著看著，越來越有感觸和想法。

要表達不由自主的行為或感覺，就用「（さ）せられる」。

---

2 雄大な景色を見て、自然の偉大さを感じさせられた。

看到雄壯的景色，不禁讓我感受到大自然的偉大。

3 彼女の歌には、感動させられた。

她的歌令人感動。

4 大貫さんの真面目な勉強ぶりには感心させられる。

不得不佩服大貫同學認真讀書的樣子。

5 これは、生きることの意味を考えさせられる優れたアニメです。

這是一部令人思索生命意義的傑出動畫。

grammar 037 しまつだ

（結果）竟然…、落到…的結果

類義文法
わけだ
也就是說…

接續方法▶｛動詞辭書形；この／その／あの｝＋始末だ

1【結果】表示經過一個壞的情況，最後落得一個不理想的、更壞的結果。前句一般是敘述事情發生的情況，後句帶有譴責意味地，對結果竟然發展到這樣的地步的無計畫性，表示詫異。有時候不必翻譯，如例 (1)～(4)。

2〖この 始末だ〗固定的慣用表現「この始末だ／淪落到這般地步」，對結果竟是這樣，表示詫異。後項多和「とうとう、最後は」等詞呼應使用，如例 (5)。

意思　～という悪い結果になる

類語　～有様だ／～という悪い結果になった

例1　**社長の脱税が発覚し、会社まで警察の捜査を受けるしまつだ。**

總經理被查到逃稅，落得甚至有警察來公司搜索的下場。

上班時發現好多稅務刑警站在公司外，一問之下才知道總經理竟然逃漏稅！現在東窗事發，稅務刑警找上門來了！

「しまつだ」（落到…的結果）表示因為發生了「總經理被查到逃漏稅」的這一個壞的情況，而落得後面的「遭到稅務刑警來公司搜索」這更不好、麻煩的結果。

2　酒ばかり飲んで、あげくの果ては奥さんに暴力をふるうしまつだ。

他成天到晚只曉得喝酒，到最後甚至到了向太太動粗的地步。

3　うちの娘ときたら、仕事ばっかりして行き遅れるしまつだ。

說起我家的女兒呀，只顧著埋首工作，到頭來落得遲遲嫁不出去的老姑娘的下場。

4　借金を重ねたあげく、夜逃げするしまつだ。

在欠下多筆債務後，落得躲債逃亡的下場。

5　良く考えずに投資なんかに手を出すから、(最後は) このしまつだ。

就是因為未經仔細思考就輕易投資，(最後) 才會落得如此下場。

grammar 038

じゃあるまいし、ではあるまいし

又不是…

類義文法

じゃあるまいか
是不是…啊

接續方法 ▶ {名詞；[動詞辭書形・動詞た形] わけ} ＋じゃあるまいし、ではある
まいし

1【主張】表示由於並非前項，所以理所當然為後項。前項常是極端的例子，
用以說明後項的主張、判斷、忠告。多用在打消對方的不安，跟對方說你
想太多了，你的想法太奇怪了等情況。帶有斥責、諷刺的語感。

2〖口語表現〗說法雖然古老，但卻是口語的表現方式，不用在正式的文章
上。

意思 ～ではないのだから、当然

例1 テレビドラマや映画じゃあるまいし、そんなことがあってた
まるか。

又不是電視劇還是電影，怎麼可能會有那樣的事。

你説你昨天晚上見到外星
人了！？太誇張了吧！我
才不相信呢！

「じゃあるまいし」的
嘲諷意味頗為濃厚。

---

2 神様ではあるまいし、いつ大きな地震が起こるかなんて分かる
わけがありません。

又不是神明，哪知道什麼時候會有大地震。

3 世界の終わりではあるまいし、そんなに悲観する必要はない。

又不是到了世界末日，不必那麼悲觀。

4 子供じゃあるまいし、これぐらい分かるでしょ。

又不是小孩，這應該懂吧！

5 南極に行くわけではあるまいし、そんな厚いオーバー持って行
かなくてもいいでしょう。

又不是去南極，用不著帶那麼厚的大衣去吧？

ずくめ

清一色、全都是、淨是…

接續方法 ▶ {名詞}＋ずくめ

【樣態】前接名詞，表示全都是這些東西、毫不例外的意思。可以用在顏色、物品等；另外，也表示事情接二連三地發生之意。前面接的名詞通常都是固定的慣用表現，例如會用「黒ずくめ」，但不會用「赤ずくめ」。

意思 すべて〜一色

類語 全部である／ばかり

例1 嬉しいことずくめの1ヶ月だった。

這一整個月淨是遇到令人高興的事。

哇！加薪耶！最近好事連連！上週還跟暗戀許久的他交往了！真是喜上加喜！

「ずくめ」（淨是…）前接「嬉しいこと」（令人高興的事），表示全都是好事，令人高興的消息！

---

2 観測史上もっとも短い梅雨、もっとも多い真夏日など、記録ずくめの夏だった。

那完全是創下氣象觀測史上梅雨季最短、高溫最多紀錄的一個夏天。

3 今日の結婚式はごちそうずくめだった。

今天參加的結婚典禮，桌上全都是佳餚。

4 今回の人事は異例ずくめだった。

這次的人事安排完全是特例。

5 おしゃれしたつもりだったのに、黒ずくめでお葬式みたいと言われた。

自以為打扮得很漂亮，卻因為穿得一身黑，被人說像去參加葬禮。

ずじまいで、ずじまいだ、ずじまいの

（結果）沒…（的）、沒能…（的）、沒…成（的）

類義文法

あげく

到最後、…，結果…

接續方法▶{動詞否定形（去ない）}＋ずじまいで、ずじまいだ、ずじまいの＋{名詞}

1 **【結果】**表示某一意圖，由於某些因素，沒能做成，而時間就這樣過去了，最後沒能實現，無果而終。常含有相當惋惜、失望、後悔的語氣。多跟「結局、とうとう」一起使用。使用「ずじまいの」時，後面要接名詞。

2 〖**せずじまい**〗請注意前接サ行變格動詞時，要用「せずじまい」。例如：「デザインはよかったが、妥協せずじまいだった／設計雖然很好，但最終沒能得到彼此認同。」

意思 ～しないままで終わる

類語 ～ないで～終わってしまった

例1 いなくなったペットを懸命に探したが、結局、その行方は分からずじまいだった。

> 雖然拚命尋找失蹤的寵物，最後仍然不知牠的去向。

有沒有看到我家小白啊？

「ずじまいだ」表示「拼命尋找失蹤的寵物」這一意圖，但找了好久「最後沒能找到」這一讓人失望的結果。多跟「結局、とうとう」一起使用。

---

2 結局、彼女の話は聞けずじまいだった。

> 到最後，還是沒能聽完她的說法。

3 せっかくの連休だったのに、どこにも出かけずじまいで家にいました。

> 難得的連續休假，我卻哪裡也沒去，一直待在家裡。

4 いただき物の立派な食器が使わずじまいになっている。

> 收到的高級餐具到現在都還沒拿出來用。

5 うちには出さずじまいの年賀状がけっこうある。

> 我家收著不少沒有寄出去的賀年卡。

ずにはおかない、ないではおかない

1.不能不…；2.必須…、一定要…、勢必…

類義文法

ずにはいられない
不得不…

接續方法▶ {動詞否定形（去ない）}＋ずにはおかない、ないではおかない

1 【感情】前接心理、感情等動詞，表示由於外部的強力，使得某種行為，沒辦法靠自己的意志控制，自然而然地就發生了，所以前面常接使役形的表現，如例 (1)、(2)。請注意前接サ行變格動詞時，要用「せずにはおかない」。

2 【強制】當前面接的是表示動作的動詞時，則有主動、積極的「不做到某事絕不罷休、後項必定成立」語感，語含個人的決心、意志，具有強制性地，使對方陷入某狀態的語感，如例 (3) ～ (5)。

意思 必ず～してやる／必ず～させてしまう

類語 必ず～する／絶対に～する

例1 **首相の度重なる失言は、国民を落胆させずにはおかないだろう。**

首相一次又一次的失言，教民眾怎會不失望呢？

首相最近的失言風波引發譁然，這樣怎麼能讓人相信他呢？

「ずにはおかない」（怎能不…）表示因為前項（首相失言），所以使民眾有「落胆」（失望）的感覺。

2 **この小説は、読む人を泣かせずにはおかない。**

讀這部小說的人沒有一個不哭的。

3 **週末のデート、どうだった。白状させないではおかないよ。**

上週末的約會如何？我可不許你不從實招來喔！

4 **制裁措置を発動しないではおかない。**

必須採取制裁措施。

5 **遺族は真相を追求しないではおかないだろう。**

遺族應該無法不追求真相吧。

すら、ですら

1.就連…都、甚至連…都；2.連…都不…

類義文法
さえ
只要（就）…

接續方法▶｛名詞（＋助詞）；動詞て形｝＋すら、ですら

1 【強調】舉出一個極端的例子，強調連他（它）都這樣了，別的就更不用提了。有導致消極結果的傾向。可以省略「すら」前面的助詞「で」，「で」用來提示主語，強調前面的內容。和「さえ」用法相同。

2 〖すら〜ない〗用「すら〜ない」（連…都不…）是舉出一個極端的例子，來強調「不能…」的意思。

意思 〜すら
類語 〜すら／〜ても／〜も

例1 まだ高校生だが、彼の投球はプロの選手ですらなかなか打てない。

雖然還只是高中生，但是他投出的球連職業選手都很難打中。

咻！一好球！真不愧是傳說中的天才棒球高中生！他投出的球變化多端、幅度刁鑽，連職業選手都很難打中。

「ですら」（就連…都）來表示球技好到連職業選手都很難打中。

2 80になる祖母ですら、携帯電話を持っている。

就連高齡八十的祖母也有手機。

3 温厚な彼ですら怒りをあらわにした。

連敦厚的他，都露出憤怒的神情來了。

4 そこは、虫1匹、草1本すら見られないほどの厳しい環境だ。

那地方是連一隻蟲、一根草都看不到的嚴苛環境。

5 発言するチャンスすら得られなかった。

連讓我發言的機會也沒有。

043 grammar

そばから

才剛…就…、隨…隨…

類義文法
とたんに
剛…就…

接續方法 ▶ {動詞辭書形；動詞た形；動詞ている}＋そばから

【時間的前後】表示前項剛做完，其結果或效果馬上被後項抹殺或抵銷。用在同一情況下，不斷重複同一事物，且說話人含有詫異的語感。大多用在不喜歡的事情。前項多為「動詞ている」的接續形式。

意思 ～ても、すぐ～

類語 ～するすぐあとから／～たと思ったらすぐに～

例1 **新しい単語を覚えるそばから、忘れていってしまう。**

新單字才剛背好就忘了。

這次被選中參加「美滿家庭計畫」，挑戰一週內記住 1000 個單字，我的天啊！

用「そばから」表示才剛「背新的單字」這個動作，就馬上「忘了」。背單字真痛苦啊！

---

2 注意するそばから、同じ失敗を繰り返す。

才剛提醒就又犯下相同的錯誤。

3 並べたそばから売れていく絶品のスイーツなのです。

這是最頂級的甜點，剛陳列出來就立刻銷售一空。

4 片付けるそばから、子供が散らかす。

我才剛收拾好，小孩子就又弄得亂七八糟。

5 ドーナツを揚げているそばから、子供がつまみ食いする。

我才炸好甜甜圈，孩子就偷吃。

ただ～のみ

只有…才…、只…、唯…

類義文法
ただ～のみならず 不只是…也

接續方法 ▶ ただ＋{名詞（である）；形容詞辭書形；形容動詞詞幹である；動詞辭書形}＋のみ

【限定】表示限定除此之外，沒有其他。「ただ」跟後面的「のみ」相呼應，有加強語氣的作用，強調「沒有其他」集中一點的狀態。「のみ」是嚴格地限定範圍、程度，是規定性的、具體的。「のみ」是書面用語，意思跟「だけ」相同。

意思 その一つに限定して

類語 ただ～だけ／ただ～ばかりでなく

例1 ただ母となった女性のみがお産の苦しみを知っている。

只有身為母親的女性才知道生產的辛苦。

岡田太太，妳整整痛了三天，真是辛苦了！多虧妳的努力，這孩子才能平安生下來。

お疲れ様でした。

生小孩是件苦差事！不僅生產痛苦，產後身材會走樣，還要帶孩子。這種辛勞，「ただ女性のみ」（只有女人）才懂的！

2 彼にあるのは、ただ金銭欲のみだ。

他有的只是對金錢的欲望。

3 ただ苦しいのみの恋なんて、もうしたくない。

那種只有苦澀的愛情，我再也不要了。

4 部下はただ上司の命令に従うのみだ。

部下只能遵從上司的命令。

5 失敗したことは忘れて、ただ次の仕事に専念するのみだ。

忘掉過去的失敗，只專心於接下來的工作。

grammar 045　ただ〜のみならず

不僅…而且、不只是…也

類義文法
ひとり〜だけでなく
不只是…、不單是…

接續方法 ▶ ただ＋{名詞（である）；形容詞辭書形；形容動詞詞幹である；動詞辭書形}＋のみならず

【非限定】表示不僅只前項這樣，後接的涉及範圍還要更大、還要更廣，前項和後項的內容大多是互相對照、類似或並立的。後常和「も」相呼應，比「のみならず」語氣更強。是書面用語。

意思　「ただ〜だけでなく〜も〜」の書き言葉

類語　ただ〜だけでなく／ただ〜ばかりでなく

例1　**彼はただアイディアがあるのみならず、実行力も備えている。**

他不僅能想點子，也具有實行能力。

他真是個全能王！

用「のみならず」（不僅僅是…而已）表示，他的能力不僅只有前項「能想點子」而已，還具備了後面的「實行能力」，並隱喻還有其他類似的能力。

---

2 ただ子供の安全のみならず、大人の安全も考慮に入れた。

不只是孩子們的安全而已，也將大人們的安全考量進去了。

3 寺田寅彦は、ただ科学者であるのみならず、文筆家でもある。

寺田寅彦不但是個科學家，也是一位作家。

4 この犯行の手口は、ただ大胆であるのみならず、実に巧妙である。

這起犯罪的手法不僅大膽，甚至可以說相當高明。

5 彼女はただ気立てがいいのみならず、社交的で話しやすい。

她不僅脾氣好，也善於社交，跟任何人都可以聊得來。

grammar 046

たところが

…可是…、結果…

接續方法 ▶ {動詞た形}＋たところが

1 **【期待－逆接】** 表示逆接，後項往往是出乎意料、與期待相反的客觀事實。因為是用來敘述已發生的事實，所以後面要接動詞た形的表現，「然而卻…」的意思。如例 (1) ～ (4)。

2 〖順接〗表示順接。如例 (5)。

| 意思 | ～したが、期待に反して～ |
| 類語 | ～てみると～だった／～そうであるのに |

例1 ソファーを購入したところが、ソファーベッドが送られてきました。

買了沙發，廠商卻送成了沙發床。

啊！我訂的是沙發耶，這不是我要的啊！有沒有搞錯～！

前接原本要做的「買沙發」，「ところが」(可是) 發生了出乎意料的客觀事實「送成來了沙發床」。因為都是過去的事，所以動詞都用た形喔！

---

2 沖縄に遊びに行ったところが、台風で全然観光できなかった。

雖然去了沖繩旅行，卻遇上颱風，完全沒辦法觀光遊覽。

3 医者に診てもらいに行ったところが、休みだった。

本來打算去看病，結果診所休息。

4 家に電話をかけたところが、誰も出ませんでした。

我打了通電話到家裡，卻都沒有人接。

5 薬を飲んだところ（が）、だんだん楽になった。

吃過藥之後，人漸漸舒服多了。

たところで～ない

即使…也不…、雖然…但不、儘管…也不…

類義文法

にあっても
即使身處…的情況下

接續方法▶ {動詞た形} ＋たところで～ない

【期待】接在動詞た形之後，表示就算做了前項，後項的結果也是與預期相反，是無益的、沒有作用的，或只能達到程度較低的結果，所以句尾也常跟「無駄、無理」等否定意味的詞相呼應。句首也常與「どんなに、何回、いくら、たとえ」相呼應表示強調。後項多為説話人主觀的判斷，不用表示意志或既成事實的句型。

意思 ～ても～ない

類語 たとえ～しても

例1 **応募したところで、採用されるとは限らない。**

即使去應徵了，也不保證一定會被錄用。

近幾年景氣不好，工作真難找！

用「たところで」表示即使前項「応募した」（應徵了），後項的結果也不一定會「採用される」（被錄取）。

2 どんなに悔やんだところで、もう取り返しがつかない。

就算再怎麼懊悔，事情也沒辦法挽回了。

3 何回言ったところで、どうしようもないよ。

任憑說了多少次，也是沒用的啦！

4 あの人をどんなに思ったところで、この気持ちは届かない。

就算我再怎麼喜歡他，也沒有辦法讓他了解這份心意。

5 今から勉強したところで、受かるはずもない。

就算從現在開始用功讀書，也不可能考得上。

だに

1. 一…就…、只要…就…、光…就…；2. 連…也（不）…

類義文法

すら
就連…都

接續方法 ▶ {名詞；動詞辭書形}＋だに

1【強調程度】前接「考える、想像する、思う、聞く、思い出す」等心態動詞時，則表示光只是做一下前面的心理活動，就會出現後面的狀態了，如例 (1)～(3)。有時表示消極的感情，這時後面多為「ない」或「怖い、つらい」等表示消極的感情詞。

2【強調極限】前接名詞時，舉一個極端的例子，表示「就連…也(不)…」的意思，如例 (4)、(5)。

意思 ～だけでも／～すら／～さえ

類語 ～さえ

例1 あの日のことは、思い出すだに笑みがこぼれる。

那天發生的事，一想起來就噗嗤發笑。

大家在過年相聚，並一起聊到有趣的往事。講到那件趣事，大家就忍不住噗嗤一聲笑了出來。

「だに」（一…就…）表示光是想那件趣事，就不禁笑了起來。

---

2 まさかN１がこんなに難しいとは、予想だにしなかった。

連想都沒有想過，日檢 N1 級居然這麼難。

3 地震のことなど考えるだに恐ろしい。

只要一想像發生地震的慘狀就令人不寒而慄。

4 私が大声で叫んでも、彼は一べつだにしなかった。

即便我大聲叫喚，他卻連看也不看一眼。

5 忠烈祠の衛兵は、１時間微動だにせず立ち続ける。

忠烈祠的衛兵一動也不動地整整站了一個小時。

grammar 049 だの～だの

又是…又是…、一下…一下…、…啦…啦

接續方法▶{[名詞・形容動詞詞幹]（だった）；[形容詞・動詞]普通形}＋だの～
{[名詞・形容動詞詞幹]（だった）；[形容詞・動詞]普通形}＋だの

【列舉】列舉用法，在眾多事物中選出幾個具有代表性的。多半帶有負面的語氣，常用在抱怨事物總是那麼囉唆嘮叨的叫人討厭。是口語用法。

類語 ～とか～とか

例1 **毎年年末は、大掃除だのお歳暮選びだので忙しい。**

每年年尾又是大掃除又是挑選年終禮品，十分忙碌。

啊～忙死了～每到年尾就有一堆事情要做！

「だの～だの」用來列舉事物，語氣偏負面。

---

2 **住宅ローンだの子供の学費だので、いくら働いてもお金がたまらない。**

又是房貸又是小孩的學費，不管再怎麼工作就是存不了錢。

3 **うちの子は、あれが好きだのこれが嫌いだのと、偏食で困る。**

我家的小孩偏食，吃東西挑三揀四的，不知道該怎麼辦才好。

4 **私の母はいつも、もっと勉強しろだの家の手伝いをしろだのと、うるさくてたまらない。**

我媽媽老是要我用功唸書啦幫忙做家事啦，真是囉嗦得不得了。

5 **お姉ちゃんは、スターになるだの起業するだのと、夢みたいなことばかり言っている。**

姐姐一下子想當明星、一下子想要創業，老是痴人說夢。

たらきりがない、ときりがない、ばきりがない、てもきりがない

沒完沒了

類義文法
たきり～ない ―…就…（再沒有…）

接續方法 ▶ {動詞た形} ＋たらきりがない；{動詞て形} ＋てもきりがない；{動詞辭書形} ＋ときりがない；{動詞假定形} ＋ばきりがない

【無限度】前接動詞，表示是如果做前項的動作，會永無止盡，沒有限度、沒有結束的時候。

例1 家事は、いくらやってもきりがない。

家事怎麼做也做不完。

洗衣服、曬衣服、煮飯、洗碗、掃地、擦地…天啊！家庭主婦真的很辛苦呢，這麼多家事，怎麼做都做不完啦！

「てもきりがない」表示沒完沒了，沒有結束的一天。

---

2 もっといいのが欲しいけど、上を見たらきりがないから、これぐらいで我慢しておこう。

雖然想要更好的，但目光放高的話只會沒完沒了，所以還是先這樣忍耐一下吧！

3 うちのお母さんは、怒り出すときりがない。

我家的媽媽一旦生起氣來就沒完沒了。

4 細かいことを気にするときりがないから、あまりこだわらないことにしよう。

在意小事只會沒完沒了，所以還是不要太拘泥吧！

5 欲を言えばきりがないが、せめてもう少し料理がうまければ、家内は言うことなしなんだが。

要求太多的話根本就說不完，但至少希望內人煮的菜能再好吃一點，這樣一來她就無可挑剔了。

grammar
051

たりとも～ない

那怕…也不（可）…、就是…也不（可）…

類義文法
なりと（も）
不管…、不論…

接續方法▶{名詞}＋たりとも、たりとも～ない；{數量詞}＋たりとも～ない

1 **【強調輕重】**前接「一＋助數詞」的形式，舉出最低限度的事物，表示最低數量的數量詞，強調最低數量也不能允許，或不允許有絲毫的例外，如例 (1) ～ (4)，是一種強調性的全盤否定的說法，所以後面多接否定的表現。書面用語。也用在演講、會議等場合。

2 **〔何人たりとも〕**「何人たりとも」為慣用表現，表示「不管是誰都…」，如例 (5)。

意思 ～であっても～ない

類語 たとえ～であっても／～でも～ない

例1 一秒たりとも手を抜くな。

連一秒鐘都不准鬆懈！

「たりとも」後接否定，然後前接最小單位「一」開頭的「一秒」，表示一秒也不能鬆懈（全面否定）。

身為企業龍頭的 A 公司社長，背負所有員工的生計及整體國家社會繁榮之責，真的是每分每秒都得要投入心力不得鬆懈啊！

---

2 国民の血税は、１円たりとも無駄にはできない。

國民的血汗稅金，就算是一塊錢也不可以浪費。

3 ご恩は１日たりとも忘れたことはありません。

您的大恩大德我連一天也不曾忘記。

4 契約内容は、一歩たりとも譲るわけにはいかない。

合約的內容連一步都不能退讓。

5 何人たりとも立ち入るべからず。

無論任何人都不得擅入。

たる (もの)

作為…的…

接續方法 ▶ {名詞} ＋たる (者)

【評價的觀點】表示斷定或肯定的判斷。前接高評價的事物、高地位的人、國家或社會組織，表示照社會上的常識、認知來看，應該會有合乎這種身分的影響或做法，所以後常和表示義務的「べきだ、なければならない」等相呼應。「たる」給人有莊嚴、慎重、誇張的印象。演講及書面用語。

意思 〜の立場にある者

類語 〜である以上／〜の立場にある

例1 彼はリーダーたる者に求められる素質を備えている。

他擁有身為領導者應當具備的特質。

山田同學自從擔任學生會長以來，便充分展現出領袖長才。他的領導者風範，令身邊的人都十分樂意跟他合作。

「たる」（作為…的）前接高評價的事物，表示高度讚賞他擁有領導者應有的特質。

2 男たる者、こんなところで引き下がれるか。

身為男子漢，面臨這種時刻怎麼可以退縮不前呢？

3 企業経営者たる者には的確な判断力が求められる。

作為一個企業的經營人，需要有正確的判斷力。

4 元首たる者は、国民の幸福を第一に考えるべきだ。

身為元首，應該將國民的幸福視為最優先的考量。

5 プロ意識の高さこそ、プロのプロたるゆえんだ。

具有高度的專業意識，正是專家之所以是專家的原因所在。

つ〜つ

（表動作交替進行）一邊…一邊…、時而…時而…

接続方法 ▶ {動詞ます形}＋つ＋{動詞ます形}＋つ

1 【反覆】表示同一主體，在進行前項動作時，交替進行後項對等的動作。用同一動詞的主動態跟被動態，如「抜く、抜かれる」這種重複的形式，表示兩方相互之間的動作，如例 (1)、(2)。

2 〖接兩對立動詞〗可以用「浮く（漂浮）、沈む（下沈）」兩個意思對立的動詞，表示兩種動作的交替進行，如例 (3)～(5)。書面用語。多作為慣用句來使用。

意思 交互に何かをする様

例1 二人の成績は、抜きつ抜かれつだ。
　　　　兩人的成績根本不分上下。

那兩位拳擊手的比賽真是太精彩了！兩人實力相當，沒有多餘的動作，打得可歌可泣，讓觀賽者看得直呼過癮！

文法「つ〜つ」用同動詞的主動態及被動態「抜きつ抜かれつだ」來表示成績相近，不分上下。

2 この映画は、ヒーローと悪役の追いつ追われつのアクションシーンが見どころだ。
這部電影最精采的部分是主角和壞人相互追逐的動作鏡頭。

3 川に落としたハンカチは、浮きつ沈みつ流れて行ってしまった。
掉到了河裡的手帕，載浮載沉地隨著流水漂走了。

4 地図を片手に道を行きつ戻りつしていると、「どちらをお探しですか。」と声をかけられた。
一手拿著地圖，在路上來來回回走的時候，忽然有人問了一聲「您在找什麼地方呢？」。

5 雲間に月が見えつ隠れつしている。
月亮在雲隙間忽隱又現。

であれ、であろうと

即使是…也…、無論…都…

類義文法

にしろ
無論…都…

接續方法 ▶ {名詞} + であれ、であろうと

1【無關】逆接條件表現。表示不管前項是什麼情況，後項的事態都還是一樣。後項多為説話人主觀的判斷或推測的內容。前面有時接「たとえ、どんな、何（なに／なん）」。

2〔極端例子〕也可以在前項舉出一個極端例子，表達即使再極端的例子，後項的原則也不會因此而改變。

意思 ～でも／であっても

類語 ～であっても

例1 たとえアナウンサーであれ、舌が回らないこともある。

即使是新聞播報員，講話也會有打結的時候。

今天主播講話怎麼老吃螺絲，連這麼專業的人都這樣。

「であれ」（即使是…也…）表示，即使是前項的「アナウンサー」（主播），也是會有後項「舌が回らない」（舌頭打結吃螺絲）出錯的時候。

---

2 たとえ貧乏であれ、何か生きがいがあれば幸せだ。

即使貧窮，只要有生活目標也是很幸福的。

3 たとえどんな理由であれ、暴力は絶対に許せません。

無論基於什麼理由，絕對不容許以暴力相向。

4 相手が誰であろうと、必ず勝ってみせる。

不管對方是什麼人，我都一定會獲勝給大家看。

5 いかに幼い子供であろうと、そのくらいのことは分かるはずだ。

不管多小的孩子，這點事應該懂才對。

であれ～であれ

即使是…也…、無論…都、也…也…

類義文法

~にしても～にしても
無論是…還是…

接續方法▶ {名詞}＋であれ＋{名詞}＋であれ

【列舉】 表示不管哪一種人事物，後項都可以成立。先舉出幾個例子，再指出這些全部都適用之意。列舉的內容大多是互相對照、並立或類似的。

意思 ～でも～でも

類語 ～でも～でも／～だろうが～だろうが

例1 雨であれ、晴れであれ、イベントは予定通り開催される。

無論是下雨或晴天，活動仍然照預定舉行。

這次的新產品的展示為了因應新春的節慶，無論如何都要按期舉行，即使下雨我們都準備好了棚子了。

所以不管前項是「雨」(雨天) 或「晴れ」(晴天) 狀況，都不會影響到後面「活動依照預定舉行」的內容。

2 子供であれ、大人であれ、間違いなく楽しめる。

無論是小孩還是大人，都一定可以樂在其中。

3 男であれ、女であれ、人として大切なことは同じだ。

男人也好，女人也好，人生中重要的事都是相同的。

4 肉であれ、魚であれ、動物性のものは食べません。

肉也好，魚也好，所有葷食都不吃。

5 反対であれ、賛成であれ、意思表示をすることが大切だ。

無論是反對還是贊成，表示意見是很重要的。

grammar 056　てからというもの（は）

自從…以後一直、自從…以來

類義文法
にさきだって
在…之前，先…

接続方法 ▶ {動詞て形}＋てからというもの（は）

【前後關係】表示以前項行為或事件為契機，從此以後某事物的狀態、某種行動、思維方式有了很大的變化。說話人敘述時含有感嘆及吃驚之意。用法、意義跟「〜てから」大致相同。書面用語。

意思 〜てから、ずっと〜

類語 〜してから、ずっと

例1 オーストラリアに赴任してからというもの、家族とゆっくり過ごす時間がない。

自從到澳洲赴任以後，就沒有時間好好跟家人相處了。

拍下全世界的美景，呈現在觀眾面前是我的工作，去年公司派我到澳洲拍攝。

攝影家以前項的「到澳洲赴任」這件事為起因，產生了後項的大變化「沒時間跟家人度過悠閒時光了」（攝影家內心的感受）。

2 結婚してからというもの、ずっと家計を家内にまかせている。

自從結婚以後，就一直把家計交給內人持掌。

3 肝臓を悪くしてからというものは、お酒は控えている。

自從肝功能惡化以後，他就盡量少喝酒了。

4 腐敗が明るみに出てからというもの、支持率が低下している。

自從腐敗遭到了揭發，支持率就持續低迷。

5 核実験を行ってからというもの、国際社会の反発が高まっている。

自從進行核爆測試以後，國際社會的反對聲浪益發高漲。

grammar 057

てしかるべきだ

應當…、理應…

類義文法
てはあるまいし
又不是…

接續方法 ▶ {[形容詞・動詞]て形}＋てしかるべきだ；{形容動詞詞幹}＋
でしかるべきだ

【建議】表示雖然目前的狀態不是這樣，但那樣做是恰當的、應當的。也就是用適當的方法來解決事情。一般用來表示說話人針對現況而提出的建議、主張。

意思 ～するのが当然である

類語 ～するのが当然だ

例1 所得が低い人には、税金の負担を軽くするなどの措置がとられてしかるべきだ。

應該實施減輕所得較低者之稅賦的措施。

景氣差，工作不好找，窮人真的越來越窮了！為了幫助窮人、弱勢族群，你有什麼看法呢？

看「てしかるべきだ」前面，說話人覺得解決方法應該要「實施減輕所得較低者的稅賦措施」。

2 この程度の品質なら、もっと安くてしかるべきだ。

如果是這種程度的品質，應該要更便宜才對。

3 この判決は納得できない。処罰はもっと重くてしかるべきだ。

我無法接受這項判決！刑責應該要更重才對。

4 結婚するしないは本人の自由で（あって）しかるべきだ。

結不結婚應該是個人的自由。

5 学生は勉強してしかるべきだ。

學生就該用功讀書。

てすむ、ないですむ、ずにすむ

1. …就行了、…就可以解決；2. 不…也行、用不著…

類義文法
てかまわない
即使…也沒關係、…也行

1【不必要】{動詞否定形}＋ないですむ；{動詞否定形（去ない）}＋ずにすむ。表示不這樣做，也可以解決問題，或避免了原本預測會發生的不好的事情。如例（1）、（2）。

2【了結】{名詞で；形容詞て形；動詞て形}＋てすむ。表示以某種方式，某種程度就可以，不需要很麻煩，就可以解決問題了。如例（3）～（5）。

意思 ～以下に解決される／～しなくてもいい

類語 ～ばいい／～なくてもいい

例1 友達が、余っていたコンサートの券を1枚くれた。それで、私は券を買わずにすんだ。

朋友給了我一張多出來的演唱會的入場券，我才得以不用買入場券。

> 這是朋友送我的演唱會入場券！羨慕吧！

> 「ずにすむ」(不…也行)表示不用買入場券，就可以去聽演唱會了。

---

2 図書館が家の近くにあるので、本を買わないで済みます。

由於圖書館距離家裡很近，根本不必買書。

3 会社には寮があるので、家賃は安くて済みます。

公司有提供宿舍，所以房租不用花太多錢。

4 これは笑って済む問題ではない。

這件事可不是一笑置之就算了。

5 謝って済むなら警察も裁判所もいらない。

如果道歉就能解決事情，那就不需要警察跟法院了。

でなくてなんだろう

難道不是…嗎、不是…又是什麼呢

類義文法
というものだ
也就是…

接續方法▶ {名詞}＋でなくてなんだろう

【強調主張】用一個抽象名詞，帶著感嘆、發怒、感動的感情色彩述説「這個就可以叫做…」的表達方式。這個句型是用反問「這不是…是什麼」的方式，來強調出「這正是所謂的…」的語感。常見於小説、隨筆之類的文章中。含有説話人主觀的感受。

意思 正にこれこそ～だ

類語 ～のほかのものではない、これこそ～そのものである

例1 賞味期限を書き換えるなんて、悪徳商法でなくてなんだろう。

居然更改食用期限，如果這不叫造假，什麼叫做造假呢？

黑心食品！竟然擅改商品上的食用截止日期。

「でなくてなんだろう」前接一個抽象名詞「悪徳商法」，表示含有感情色彩主觀地強調，也就是憤恨地説：「這根本就是惡質的做生意手法」。

2 二人は出会った瞬間、恋に落ちた。これが運命でなくてなんだろう。

兩人在相遇的剎那就墜入愛河了。如果這不是命中注定，又該説是什麼呢？

3 これが恩人に対する裏切りでなくてなんだろう。

假如這不叫背叛恩人，那又叫做什麼呢？

4 酔っぱらって会見に臨むなんて、失態でなくてなんだろう。

居然帶著一身醉意出席記者會，如果這不叫失態，什麼叫失態呢？

5 これが幸せでなくてなんだろう。

這難道不就是所謂的幸福嗎？

grammar 060

てはかなわない、てはたまらない

…得受不了、…得要命、…得吃不消

類義文法
てたまらない （的話）可受不了

接續方法▶ {形容詞て形；動詞て形}＋てはかなわない、てはたまらない

【強調心情】表示負擔過重，無法應付。如果按照這樣的狀況下去不堪忍耐、不能忍受。是一種動作主體主觀上無法忍受的表現方法。用「かなわない」有讓人很苦惱的意思。常跟「こう、こんなに」一起使用。口語用「ちゃかなわない、ちゃたまらない」。

意思 ～たら、とてもがまんできない／～のはいやだ、困る

類語 ～てたえられない

例1 面白いと言われたからといって、同じ冗談を何度も聞かされ
ちゃかなわない。

雖説他説的笑話很有趣，可是重複聽了好幾次實在讓人受不了。

常聽笑話可以長命百歳，但同一個笑話講那麼多次，我聽不下去了啦！

「ちゃかなわない」表示即使再怎麼「有趣的笑話」，但是在「重複聽好幾次」這一狀態下，任誰都會受不了的。

---

2 いくら不景気とはいえ、給料がこう少なくてはかなわない。

雖説不景氣，薪水這麼少實在受不了。

3 毎日毎日、こう暑くちゃかなわないなあ。

要是天天都這麼熱，那怎麼受得了啊？

4 今日は合コンなんだから、残業させられてはたまらない。

今天可是聯誼日，要是被迫加班，那還得了啊！

5 卸値をこれ以上下げられてはかなわない。

要是批發價格再往下掉的話，那可受不了了。

grammar 061 てはばからない

不怕…、毫無顧忌…

接続方法 ▶ {動詞て形} ＋てはばからない

【強調心情】前常接跟説話相關的動詞，如「言う、断言する、公言する」的て形。表示毫無顧忌地進行前項的意思。一般用來描述他人的言論。「憚らない」是「憚る」的否定形式，意思是「毫無顧忌、毫不忌憚」。

意思 ～少しの遠慮もなく～する

類語 遠慮なく～する

例1 その新人候補は、今回の選挙に必ず当選してみせると断言してはばからない。

那位新的候選人毫無畏懼地信誓旦旦必將在此場選舉中勝選。

首次競選，就催開戰馬，搖手中鎗沖殺過來般地，信言一定要當選。真是初生之犢不畏虎啊！

「てはばからない」前面以「新人候補」為主詞，表示毫無顧忌地進行前項「信誓旦旦必將在此場選舉中勝選」。

---

2 彼は外務大臣なのに、英語ができないと公言してはばからない。

他身為一個外交部長，卻毫不諱言對外宣稱自己不會講英語。

3 彼は自分が正しいと主張してはばからない。

他毫無所懼地堅持自己是正確的。

4 彼らは、他人の基本的人権を侵害してはばからない、反社会的集団だ。

他們可是不惜踐踏別人的基本人權的反社會集團吶！

5 人様に迷惑をかけてはばからない。

毫無忌憚地叨擾他人。

てまえ

1.由於…所以…；2.…前、…前方

類義文法
んがため（に）、んがための
因為要…所以…（的）

接續方法 ▶ {名詞の；動詞普通形}＋手前

1【原因】強調理由、原因，用來解釋自己的難處、不情願。有「因為要顧自己的面子或立場必須這樣做」的意思，如例 (1) ～ (3)。後面通常會接表示義務、被迫的表現，例如：「なければならない」、「しないわけにはいかない」、「ざるを得ない」、「しかない」。

2【場所】表示場所，不同於表示前面之意的「まえ」，此指與自身距離較近的地方，如例 (4)、(5)。

意思 ～という面子や体裁があって

例1 せっかく作ってくれたんだ。あんまりおいしくないけれど、彼女の手前、全部食べなくちゃ。

> 這是她特地下廚為我烹煮的。雖然不怎麼好吃，但由於她是我的女朋友，我得全部吃光光。

我的野蠻女友絕對不容許我沒吃光她煮的菜…嗚…。

想要表達迫於無奈只好做某件事情，就用「手前」。

---

2 部下達の手前、なんとかミスを取り繕わなければいけない。

> 因為他們是我的下屬，所以一定要想辦法亡羊補牢。

3 こちらからお願いした手前、打ち合わせが朝の 7 時でも文句は言えない。

> 既然是自己拜託了對方的，就算洽談到早上七點也沒辦法抱怨。

4 子供たちの手前、タバコはやめることにした。

> 在孩子們的面前不抽菸了。

5 日本では、箸を右ではなく手前に置きます。

> 在日本，筷子是橫擺在自己的正前方，而不是右邊。

てもさしつかえない、でもさしつかえない

…也無妨、即使…也沒關係、…也可以

類義文法
といえども
即使…也…、雖說…可是…

接續方法▶ {形容詞て形；動詞て形}＋ても差し支えない；{名詞；形容動詞詞幹}＋でも差し支えない

【允許】 為讓步或允許的表現。表示前項也是可行的。含有「不在意、沒有不滿、沒有異議」的強烈語感。「差し支えない」的意思是「沒有影響、不妨礙」。

意思 ～ても問題ない

類語 ～てもいい／～てもかまわない

例1 字は、丁寧に書けば多少下手でも差し支えないですよ。

字只要細心地寫，就算是寫不怎麼好也沒關係喔！

一筆一劃慢慢來，才不會像鬼畫符一樣。

「ても差し支えない」是一種讓步表現，意思是「…也沒關係」。

2 そのレストランは、ネクタイなしでも差し支えありません。

這家餐廳即使不繫領帶進場也無妨。

3 出発は朝少し早くても差し支えないですよ。

即使早上早點出發也無妨喔！

4 すみません。今、少しお時間いただいても差し支えないでしょうか。

不好意思，現在方便耽誤您一點時間嗎？

5 このくらいのアクセサリーなら、会社につけていっても差し支えないでしょう。

如果是這種款式的飾品，戴去公司上班也沒關係吧。

grammar 064

てやまない

…不已、一直…

接續方法 ▶ {動詞て形}＋てやまない

1 【強調感情】接在感情動詞後面，表示發自內心關懷對方的心情、想法極為強烈，且那種感情一直持續著，如例 (1)～(4)。由於是表示說話人的心情，因此一般不用在第三人稱上。這個句型由古漢語「…不已」的訓讀發展而來。常見於小説或文章當中，會話中較少用。

2 〔現象或事態持續〕表示現象或事態的持續，如例 (5)。

意思 ずっと～し続けている
類語 心から～ている

例1 彼の態度に、怒りを覚えてやまない。

對他的態度感到很火大。

那個行銷部長態度真傲慢！開會還抽煙、翹二郎腿的，真不可思議！

「てやまない」（…不已）前接感情的動詞「怒りを覚えて」（感到很火大），表示對「他的態度」發自內心的憤怒很強烈、一直持續的意思。

2 彼女の話を聞いて、涙がこぼれてやまない。

聽了她的話之後，眼淚就流個不停。

3 努力すれば報われると信じてやまない。

對於努力就有回報的這份信念深信不疑。

4 さっきの電話から、いやな予感がしてやまない。

接到剛才的電話以後，就一直有不好的預感。

5 自由と平和を求めてやまないのは、どの民族でも同じだろう。

任何一個民族，應該同樣都是不停追求自由與和平的吧。

grammar 065

と～（と）があいまって、〜が／は〜とあいまって

…加上…、與…相結合、與…相融合

類義文法
にくわえて
而且…、加上…

接續方法 ▶ {名詞}＋と＋{名詞}＋（と）が相まって

【附加】表示某一事物，再加上前項這一特別的事物，產生了更加有力的效果或增強了某種傾向、特徵之意。書面用語，也用「が／は〜と相まって」的形式。此句型後項通常是好的結果。

意思 〜と〜が一つになって
類語 〜の影響を受けて／〜と一緒になって／〜と影響し合って

例1 喜びと驚きが相まって、言葉が出てこなかった。

驚喜交加，讓我說不出話來。

昨天我家大寶開口叫爸爸了！我高興得連話都講不出來了。

這裡表示「喜び」（高興），加上「が相まって」前接的「驚き」（驚訝）這兩種感情，交織在一起，產生了更加有力的「又驚又喜的感情」。

2 父は才能と努力が相まって成功した。

父親在才華和努力的相輔相成之下，獲得了成功。

3 モネの絵は、色彩と造型とが相まって、独特の美を生み出している。

莫內的畫作，色彩與構圖兼優，醞釀出獨特的美感。

4 日本の風土が日本人の美意識と相まって、俳句という文学を生み出した。

在日本的風土與日本人的美學意識兩相結合之下，孕育出所謂的俳句文學。

5 彼女の美貌は、優雅な立ち居振る舞いと相まって、私の目を引き付けた。

她妍麗的姿容加上優雅的舉手投足，深深吸引了我的目光。

grammar 066

とあって

由於…（的關係）、因為…（的關係）

接續方法 ▶ {名詞；[名詞・形容詞・形容動詞・動詞] 普通形；形容動詞詞幹}＋とあって

1【原因】表示理由、原因。由於前項特殊的原因，當然就會出現後項特殊的情況，或應該採取的行動。後項是説話人敍述自己對某種特殊情況的觀察。書面用語，常用在報紙、新聞報導中。

2〖後－意志或判斷〗後項要用表示意志或判斷，不能用推測、命令、勸誘、祈使等表現方式。

意思 ～ので

類語 ～であるから／～ということで／～だけあって

例1 年頃とあって、最近娘はお洒落に気を使っている。

因為正值妙齡，女兒最近很注重打扮。

女兒長大了，最近特別注重打扮。

「とあって」（因為是…狀況…）表示因為女兒現在處於「お年頃」（妙齡）的特殊時期，所以照常理來推，當然會有「注重打扮」這一行為了。

2 桜が満開の時期とあって、街道は花見客でいっぱいだ。

由於正值櫻花盛開的時節，路上擠滿了賞花的民眾。

3 特売でこんなに安いとあっては、デパートが混まないはずはありません。

特賣的價格那麼優惠，百貨公司怎麼可能不擠得人山人海呢？

4 息子は電車が大好きとあって、地理には詳しい。

兒子因為非常喜歡電車，因此對地理很熟悉。

5 サミットが開催されるとあって、空港の警備が強化されています。

由於高峰會即將舉行，機場也提高了安全戒備。

grammar 067

とあれば

如果…那就…、假如…那就…

類義文法

とすると
假如…的話

接續方法 ▶ {名詞；[名詞・形容詞・形容動詞・動詞] 普通形；形容動詞詞幹}＋
とあれば

【條件】是假定條件的説法。表示如果是為了前項所提的事物，是可以接受的，並將取後項的行動。前面常跟表示目的的「ため」一起使用，表示為了假設情形的前項，會採取後項。後句不能出現表示請求或勸誘的句子。

意思 もし〜なら
類語 〜ということであれば／〜ならば

例1 デザートを食べるためとあれば、食事を我慢しても構わない。

假如是為了吃甜點，不吃正餐我也能忍。

吃甜點的時候，最讓我覺得生而為人真幸福了！

「とあれば」（如果…的話）表示，如果是為了吃前項的「デザート」（甜點），那麼後項的「不吃正餐」也沒有關係了。

---

2 彼女の危機とあれば、たとえ火の中水の中、恐れたりするものか。

若是她遇到危機，哪怕是水深火熱，我也無所畏懼。

3 安くておいしいとあれば、店がはやるのも当然だ。

只要便宜又美味，門庭若市也是理所當然的。

4 もし必要とあれば、弁護士の紹介も可能です。

如果有必要的話，也可以幫你介紹律師。

5 彼女のご両親に挨拶に行くとあれば、緊張するのもやむを得ない。

既然要去向她的父母請安問候，也不由得感到心情緊張。

grammar 068 といい～といい

不論…還是、…也好…也好

類義文法
～だの～だの
…啦…啦

接續方法 ▶ {名詞}＋といい＋{名詞}＋といい

【列舉】表示列舉。為了做為例子而並列舉出具有代表性，且有強調作用的兩項，後項是對此做出的評價。含有不只是所舉的這兩個例子，還有其他也如此之意。用在批評和評價的場合，帶有吃驚、灰心、欽佩等語氣。與全體為焦點的「といわず～といわず」(不論是…還是) 相比，「といい～といい」的焦點聚集在所舉的兩個事物上。

意思 ～も～も、どちらも

類語 ～も～も

例1 娘といい、息子といい、全然家事を手伝わない。

女兒跟兒子，都不幫忙做家事。

我這老媽子好像傭人一樣，孩子們完全不主動幫忙做家事。

「～といい～といい」(不論…還是…) 表示灰心舉出不幫忙做家事的，有兩個例子「娘」(女兒) 和「息子」(兒子)，暗喻還有其它的「爸爸」也是如此。

2 ここは、気候といい、食べ物といい、住みやすいところだ。

這裡不管氣候也好、飲食也好，都是適宜居住的好地方。

3 品質といい、お値段といい、お買い得ですよ。

不論品質也好、價格也好，保證買到賺到喔！

4 お父さんといい、お母さんといい、ちっとも私の気持ちを分かってくれない。

爸爸也好、媽媽也好，根本完全不懂我的心情。

5 ドラマといい、ニュースといい、テレビは少しも面白くない。

不論是連續劇，還是新聞，電視節目一點都不覺得有趣。

というか～というか

該說是…還是…

類義文法
というず～といわず
無論是…還是…

接續方法▶{名詞；形容詞辭書形；形容動詞詞幹}＋というか＋{名詞；形容詞辭書形；形容動詞詞幹}＋というか

【列舉】用在敘述人事物時，說話者想到什麼就說什麼，並非用一個詞彙去形容或表達，而是列舉一些印象、感想、判斷，變換各種說法來說明。後項大多是總結性的評價。更隨便一點的說法是「っていうか～っていうか」。

意思 ～と言ったらいいのか～と言ったらいいのか

例1 そんな危ないところに行くなんて、**勇敢というか無謀というか**、とにかくやめなさい。

去那麼危險的地方，真不知道該說勇敢還是莽撞，總之你還是別去了。

你居然要去亞馬遜河探險！？勇敢和莽撞只是「紙一重」（一線之隔）唷！

「というか～というか」是一種輕鬆隨便的列舉。

---

2 霧というか小雨というか、そんな天気だ。

不知道該說是霧氣還是小雨的那種天氣。

3 将来の夢はノーベル賞を取ることだなんて、夢というか野望というか、よくもまあ大言壮語を。

將來的夢想是拿下諾貝爾獎，這是夢想還是奢望呢？真好意思說這種大話。

4 きれいな月だなあ。白いというか青いというか、さえ渡っているよ。

真是美麗的月色啊！不知是白是藍，散發出冷澈的光芒呢！

5 彼は、正直というかばかというか、嘘のつけない性格だ。

不知道該說他的個性是正直還是愚蠢，反正他從來不說謊。

grammar 070

というところだ、といったところだ

1.頂多…；2.可說…差不多、可說就是…

類義文法

ということだ
也就是說…

接續方法 ▶ {名詞；動詞辭書形；引用句子或詞句} ＋というところだ、といった
ところだ

1【範圍】接在數量不多或程度較輕的詞後面，表示頂多也只有文中所提的
數目而已，最多也不超過文中所提的數目，強調「再好、再多也不過如此而
已」的語氣，如例 (1)、(2)。

2〔大致〕說明在某階段的大致情況或程度，如例 (3)、(4)。

3〔口語－ってとこだ〕「ってとこだ」為口語用法，如例 (5)。是自己對
狀況的判斷跟評價。

意思 およそ～ぐらいだ／最高でも～だ

類語 だいだい～ぐらい

例1 お酒を飲むのは週に２、３回というところです。

喝酒頂多是一個星期兩三次而已吧。

雖然很喜歡跟朋友一起喝酒的
感覺，但不過也就小酌一、兩
杯而已啦！時間大概都在週五
晚上跟假日。

「というところだ」（頂多…）
表示頂多一個星期喝兩三
次，並不會超過這個次數。

---

2 ボーナスね。せいぜい１か月分出るか出ないかってとこだろう。

你問獎金喔…頂多給一個月或是不到一個月薪水的程度吧。

3 私と彼は友達以上恋人未満というところだろう。

我想我跟他的關係可說是比朋友親，但還稱不上是情侶吧！

4 中国語の勉強は、今週やっと初級の本が終わるというところだ。

學中文到這星期，終於到上完初級課本的進度了。

5 「どう、このごろ調子。」「まあまあってとこだね。」

「怎樣，最近還好吧？」「算是普普通通啦。」

といえども

即使…也…、雖說…可是…

類義文法

とはいえ

雖然…但是…

接続方法▶ {名詞；[名詞・形容詞・形容動詞・動詞] 普通形；形容動詞詞幹} ＋
といえども

【讓步】 表示逆接轉折。先承認前項是事實，再敘述後項事態。也就是一般對
於前項這人事物的評價應該是這樣，但後項其實並不然的意思。前面常和「た
とえ、いくら、いかに」等相呼應。有時候後項與前項內容相反。一般用在
正式的場合。另外，也含有「〜ても、例外なく全て〜」的強烈語感。

意思 〜けれども／〜であっても

類語 〜だって／〜と言っても

例1 **同い年といえども、彼女はとても落ちついている。**

雖說年紀一樣，她卻非常成熟冷靜。

小花真冷靜，看到
同學流血了，也能
不慌不忙地處理。

泣かないで

「といえども」（即使…）表示，「同い
年」（同年紀）同學心智應該都差不多，
但是「彼女」（她）卻超乎一般想像，
有超齡的「落ちついている」（冷靜
成熟）的行為。

---

2 とっさの思いつきといえども、これはなかなかいけるかもしれない。

雖說是靈機一動，或許挺有可能行得通。

**3 いくら乳がんは進行が遅いといえども、放っておいていいわけ
がない。**

雖說乳癌的病情惡化很慢，但也不能置之不理。

4 君がいくら有能だといえども、一人では何もできないよ。

就算你再有能力，單憑一個人什麼都辦不到啦。

**5 計画に同意するといえども、懸念していることがないわけでは
ありません。**

儘管已經同意進行計畫，但並非可以高枕無憂。

072 といった

…等的…、…這樣的…

類義文法

なんか
那一類的…

接續方法▶ {名詞}＋といった＋{名詞}

【列舉】表示列舉。舉出兩項以上具體且相似的事物，表示所列舉的這些不是全部，還有其他。前接列舉的兩個以上的例子，後接總括前面的名詞。

意思 ～のような／～などの（例示する意を表す）

類語 ～のような／～などの

例1 **私は寿司、カツどんといった和食が好きだ。**

我很喜歡吃壽司與豬排飯這類的日式食物。

日式料理食材新鮮、配色用心、季節感豐富，養身又養心，我最喜歡了。

「といった」前接表示舉出兩項相似的事物「壽司跟豬排飯」，含有這不是全部，還有其他喜歡的日式食物。後接「和食」，一般是總括前面相似事物的名詞。

2 **娘はピンクや水色といった淡い色が好きみたいです。**

女兒好像喜歡粉紅或淺藍這類淺色。

3 **春に咲く桜、梅、桃といった花は、皆バラ科でよく似ている。**

在春天綻放的櫻花、梅花、桃花這些花卉都屬於薔薇科，花形十分相似。

4 **神社は、京都、奈良といった古都にだけあるのではない。**

神社並不是只在京都、奈良這些古都才有。

5 **カエルやウサギといった動物の小物を集めています。**

我正在收集青蛙和兔子相關的小東西。

といったらない、といったら

1.…極了、…到不行；2.一旦…就…

1【強調心情】{名詞；形容詞辭書形；形容動詞詞幹}＋（とい）ったらない。「といったらない」是先提出一個討論的對象，強調某事物的程度是極端到無法形容的，後接對此產生的感嘆、吃驚、失望等感情表現，正負評價都可使用，如例（1）～（3）。

2【意志】{名詞；形容詞辭書形；形容動詞詞幹}＋（とい）ったら。表示無論誰說什麼，都絕對要進行後項的動作。前後常用意思相同或完全一樣的詞，表示意志堅定，是一種強調的說法，正負評價都可使用，如例（4）、（5）。

| 意思 | 誰がなんと言っても～／非常～だ |
| 類語 | 誰がなんと言おうと／とても～だ |

例1 **立て続けに質問して、彼はせっかちといったらない。**

接二連三地提出問題，他這人真是急躁。

怎麼一次問這麼多問題，等我先回答再問下一個啊！

用「といったらない」表示，看到他不停地問問題，讓說話者覺得他「せっかち」（急躁）的程度，真是高到難以形容的地步。

---

2 彼女は僕の女神だ。あの優雅さ、気高さといったらない。

她是我的女神！她的優雅，她的高貴，無人能比！

3 これでやったつもりだとは、あきれるったらない。

他覺得這樣就完成了，簡直令人難以置信。

4 やるといったら絶対にやる。死んでもやる。

一旦決定了要做就絕對要做到底，即使必須拚死一搏也在所不辭。

5 諦めないといったら、何が何でも諦めません。

一旦決定不半途而廢，就無論如何也絕不放棄。

grammar 074 といったらありはしない

…之極、極其…、沒有比…更…的了

接續方法 ▶ {名詞；形容詞辭書形；形容動詞詞幹} ＋（とい）ったらありはしない

1 **【強調心情】** 強調某事物的程度是極端的，極端到無法形容、無法描寫。跟「といったらない」相比，「といったらない」、「ったらない」能用於正面或負面的評價，但「といったらありはしない」、「ったらありはしない」、「といったらありゃしない」、「ったらありゃしない」只能用於負面評價。

2 〖**口語─ったらない**〗「ったらない」是比較通俗的口語說法。

意思 とても～だ／この上なく
類語 ～非常に～だ

例1 **人に責任を押しつけるなんて、腹立たしいといったらありはしない。**

硬是把責任推到別人身上，真是令人憤怒至極。

她太過份了！每次一發生問題，就推卸得一乾二淨，完全不知反省。

「といったらありはしない」（…到極點了）前接説話者「腹立たしい」（憤怒）等感動、驚訝或失望的感情，強調「憤怒」的程度，已經達到極限了。

---

2 **残り2分で逆転負けした悔しさといったらありゃしなかった。**

剩下兩分鐘的時候居然被逆轉勝了，要說有多懊悔就有多懊悔。

3 **倒れても倒れてもあきらめず、彼はしぶといといったらありはしない。**

無論跌倒了多少次依舊堅強地不放棄，他的堅韌精神令人感佩。

4 **彼の口の聞き方ときたら、生意気ったらありはしない。**

他説話的口氣，真是傲慢之極。

5 **今日は入試なのに電車が遅れて遅刻しそうだ。あせるったらありゃしない。**

今天有入學考試，電車卻遲來，害我差點遲到，真是急死人了。

といって〜ない、といった〜ない

沒有特別的…、沒有值得一提的…

類義文法
もなんでもない
也不是…什麼的

接續方法▶ {これ；疑問詞}＋といって〜ない、といった＋{名詞}〜ない

【強調輕重】前接「これ、なに、どこ」等詞，後接否定，表示沒有特別值得一提的東西之意。為了表示強調，後面常和助詞「は」、「も」相呼應；使用「といった」時，後面要接名詞。

意思 〜に取り上げるような〜はない

類語 特に〜ない

例1 私には特にこれといった趣味はありません。

我沒有任何嗜好。

很多企業家都是白手起家，所以沒有培養音樂、藝術等嗜好，所有的時間都用在賺錢。被問到嗜好時，就…。

「といった」前接「これ」，後接否定，表示沒有特別值得舉出的「嗜好」之意。表示強調時，常接「も」。

2 特にこれといって好きなお酒もありません。

也沒有什麼特別喜好的酒類。

3 今の生活にこれといって不満はない。

對於目前的生活並沒有什麼特別的不滿。

4 今日はこれといってやることがない。

今天沒有特別要做的事。

5 なぜといった理由もないんだけど、この家が気に入りました。

雖然沒有什麼特別理由，我就是喜歡這棟房子。

grammar 076 といわず～といわず

無論是…還是…、…也好…也好…

類義文法
～といい～といい …也好…也好

接續方法 ▶ {名詞} ＋といわず＋ {名詞} ＋といわず

【列舉】表示所舉的兩個相關或相對的事例都不例外，都沒有差別。也就是「といわず」前所舉的兩個事例，都不例外會是後項的情況，強調不僅是例舉的事例，而是「全部都…」的概念。後項大多是客觀存在的事實。

意思 特に～ということなく全て～

類語 ～ばかりか、全て／～も～も区別なく

例1 昼といわず、夜といわず、借金を取り立てる電話が相次いでかかってくる。

討債電話不分白天或是夜晚連番打來。

現在很多人為錢煩惱，特別是被人討債的壓力，真的很痛苦。用錢要有規劃，明天才會更好的喔！

「といわず」前接相對的事例「昼、夜」，強調「不管白天或晚上」，都不例外的發生後面的「討債電話連番打來」這一狀況。

2 ここは、海と言わず山と言わず、美しいところだ。

這裡的海也好、山也好，全都景色優美。

3 緑茶といわず、紅茶といわず、お茶なら何でも好きです。

不論是綠茶或者是紅茶，只要是茶飲，我通通喜歡。

4 目といわず、鼻といわず、パパにそっくりね。

不管是眼睛也好、鼻子也好，全都和爸爸長得一模一樣呢！

5 顔と言わずスタイルと言わず、容姿に自信がない。

不管是長相還是身材，總之對自己的外表沒有自信。

grammar 077

といわんばかりに、とばかりに

幾乎要説…；簡直就像…、顯出…的神色、似乎…般地

接續方法▶ {名詞；簡體句}＋と言わんばかりに、とばかり（に）

1 【樣態】「とばかりに」表示看那樣子簡直像是的意思，心中憋著一個念頭或一句話，幾乎要説出來，後項多為態勢強烈或動作猛烈的句子，常用來描述別人，如例 (1) ～ (3)。

2 【樣態】「といわんばかりに」雖然沒有説出來，但是從表情、動作、樣子、態度上已經表現出某種信息，含有幾乎要説出前項的樣子，來做後項的行為，如例 (4)、(5)。

意思 いかにも～といった様子で

類語 ～というような様子で

例1 **相手がひるんだのを見て、ここぞとばかりに反撃を始めた。**

看見對手一畏縮，便抓準時機展開反擊。

這場比賽真是刺激…哇！剛剛那一招實在是漂亮！

用「とばかりに」描述一個打鬥的情景。在對方有機可乘的時候，另一方從表情、動作上表現出「ここぞ」（就這時），進行後項強烈的動作「反撃を始めた」（展開反擊）。

---

2 **聡は、「歯医者など絶対行くものか」とばかり、柱にしがみついて泣いた。**

小聰牢牢抱著柱子放聲大哭，直嚷著「我死也不去看牙醫！」

3 **歌手が登場すると、待ってましたとばかりに盛大な拍手がわき起こった。**

歌手一出場，全場立刻爆出了如雷的掌聲。

4 **それじゃあまるで全部おれのせいと言わんばかりじゃないか。**

照你的意思，不就簡直在説這一切都怪我不好嗎？

5 **容疑者は、被害者は自分だと言わんばかりに言い訳を並べ立てた。**

嫌犯拚命辯解，簡直把自己講成是被害人了。

ときたら

說到…來、提起…來

類義文法
といえば
說到…

接續方法▶ {名詞}＋ときたら

【話題】表示提起話題，説話人帶著譴責和不滿的情緒，對話題中與自己關係很深的人或事物的性質進行批評，後也常接「あきれてしまう、嫌になる」等詞。批評對象一般是説話人身邊，關係較密切的人物或事。用於口語。有時也用在自嘲的時候。

意思 ～は

類語 ～といったら／～なら

例1 部長ときたら朝から晩までタバコを吸っている。

説到我們部長，一天到晚都在抽煙。

看部長菸不離手，幾乎整天都在抽煙！弄得整個辦公室全是一股濃濃的煙味。

「ときたら」(説到…) 表示説話人話題在「部長」，她對身邊的部長那「一天到晚都在抽煙」的行為，感到不滿。

2 このポンコツときたら、また修理に出さなくちゃ。

説到這部爛車真是氣死人了，又得送去修理了。

3 親父ときたら、週末は必ずパチンコに行く。

要説我那個老爸，一到週末就會去打小鋼珠。

4 この携帯電話ときたら、充電してもすぐ電池がなくなる。

説起這支手機，就算充電後也一下子就沒電了。

5 あの連中ときたら、いつも騒いでばかりいる。

説起那群傢伙呀，總是吵鬧不休。

grammar 079　ところ（を）

1. 雖說是…這種情況，卻還做了…；2. 正…之時、…之時、…之中

類義文法
どころか
哪裡還…

1【讓步】{名詞の；形容詞辭書形；動詞ます形＋中の}＋ところ（を）。
表示逆接表現。雖然在前項的情況下，卻還是做了後項。這是日本人站在
對方立場，表達給對方添麻煩的辦法，為寒暄時的慣用表現，多用在開場
白，後項多為感謝、請求、道歉等內容，如例(1)～(4)。

2【時點】{動詞普通形}＋ところを。表示進行前項時，卻意外發生後項，
影響前項狀況的進展，後面常接表示視覺、停止、救助等動詞，如例(5)。

意思　〜時・状況なのに

類語　〜だったのに

例1　お忙しいところをわざわざお越し下さり、ありがとうございます。
感謝您百忙之中大駕光臨。

櫻田大師來了！真感謝您蒞臨寒舍啊！

「ところを」（正…之時）表示明知道對方是處於很忙的情況（前項），卻還是邀請對方出席，並表示感謝的內容（後項）。

2 お食事中のところをすみません。実は、困ったことになりまして。
用餐時打擾了。是這樣的，發生了一件棘手的事。

3 お見苦しいところをお見せしたことをお詫びします。
讓您看到這麼不體面的畫面，給您至上萬分的歉意。

4 すぐにご連絡すべきところを、大変失礼いたしました。
原本應當立刻聯絡才對，真是十二萬分抱歉。

5 テレビゲームしているところを、親父に見つかってしまった。
我正在玩電視遊樂器時，竟然被老爸發現了。

grammar 080 としたところで、としたって

1. 即使…是事實，也…；2. 就算…也…

類義文法
としても 即使…也

1【假定條件】{[名詞・形容詞・形容動詞・動詞]普通形}＋としたところで、としたって。為假定的逆接表現。表示即使假定事態為前項，但結果為後項，後面通常會接否定表現，如例 (1) 〜 (3)。

2【判斷的立場】{名詞}＋としたところで、としたって、にしたところで、にしたって。從前項的立場、想法及情況來看後項也會成立，如例 (4)、(5)。

意思 ～の立場で考えてみても

類語 ～にしても

例1 **外国人の友達を見つけようとしたところで、こんな田舎に住んでるんだから知り合う機会なんてなかなかないよ。**

即使想認識外國人當朋友，但住在這種鄉下地方也沒什麼認識的機會呀！

只有隔壁的阿伯「丈治」（じょうじ），名字聽起來像「喬治」（George）而已…。

「George？」

逆接的「としたところで」表示「即使…也…」。

---

2 **いくら頭がいいとしたって、外国語はすぐには身に付かないものです。**

即使頭腦再怎麼好，外語也不是三兩天就能學會的。

3 **私が貧乏だとしたって、人に見下される筋合いはない。**

即使我很窮，也不該被別人看輕。

4 **あれでアマチュアなのか。プロとしたって通用するんじゃないかな。**

那樣的程度還算是業餘的嗎？我看就算說是職業選手也不為過吧？

5 **警察にしたって、もうこれ以上捜査のしようがないだろう。**

就算是警察，也沒有辦法再繼續搜查下去了吧。

とは

1.連…也、沒想到…、、這…、竟然會…；4.所謂…、是…

類義文法

くせして
明明…卻

接續方法▶ {名詞；[形容詞・形容動詞・動詞] 普通形；引用句子}＋とは

1【預料外】 由格助詞「と」＋係助詞「は」組成，表示對看到或聽到的事實（意料之外的），感到吃驚或感慨的心情。前項是已知的事實，後項是表示吃驚的句子，如例 (1)。

2〔省略後半〕 有時會省略後半段，單純表現出吃驚的語氣，如例 (2)。

3〔口語－なんて〕 口語用「なんて」的形式，如例 (3)。

4【話題】 前接名詞，也表示定義，前項是主題，後項對這主題的特徵、意義等進行定義，是「所謂…」的意思，如例 (4)。

5〔口語－って〕 口語用「って」的形式，如例 (5)。

意思 ～なんて／～というのは
類語 ～なんて／～というのは／～ということは

例1 **不景気がこんなに長く続くとは、専門家も予想していなかった。**

景氣會持續低迷這麼久，連專家也料想不到。

「旺月不旺」就連經濟學專家也沒料到景氣會持續低迷這麼久，消費者信心指數也不斷下滑中。

「とは」（竟然）表示感到意外，是指景氣持續這麼久，是意料之外的事。

2 こともあろうに、入試の日に電車が事故で止まるとは。

誰會想到，偏偏就在入學大考的那一天電車發生事故而停駛了。

3 まさか、あんな真面目な人が殺人犯なんて。

真沒想到，那麼認真的老實人居然是個殺人凶手！

4 幸せとは、今目の前にあるものに感謝できることかな。

我想，所謂的幸福，就是能由衷感激眼前的事物吧！

5 ねえ、「クラウド」って何。ネットの用語みたいだけど。

我問你，什麼叫「雲端」啊？聽說那是一種網路術語哦？

grammar 082

とはいえ

雖然…但是…

類義文法

ながらも
雖然…但是…

接續方法 ▶ {名詞 (だ)；形容動詞詞幹 (だ)；[形容詞・動詞] 普通形} ＋
とはいえ

【讓步】表示逆接轉折。前後句是針對同一主詞所做的敘述，表示先肯定那事雖然是那樣，但是實際上卻是後項的結論。也就是後項的說明，是對前項既定事實的否定或是矛盾。後項一般為說話人的意見、判斷的內容。書面用語。

意思 ～けれども

類語 ～と言っても／～けれども

例1 **暦の上では春とはいえ、まだまだ寒い日が続く。**

雖然已過立春，但是寒冷的天氣依舊。

已經過了立春，怎麼還是那麼冷呀老伴？

用「とはいえ」（雖然…但是…）表示「暦の上」（日曆上）雖然是春天了，但可能雪才開始融化，還有一段時間會很冷吧（說話人的判斷）。

2 マイホームとはいえ、20年のローンがある。

雖說是自己的房子，但還有二十年的貸款要付。

3 難しいとはいえ、「無理」だとは思わない。

雖然說困難，但我想也不是說不可能。

4 いくら雨が好きだとはいえ、毎日降り続けると気分が沈みます。

就算再怎麼喜歡雨，每天下個不停，心情還是會沮喪。

5 離婚するとはいえ、もう二度と会わないということではありません。

雖說要離婚，但並不是從此絕不相見那麼惡劣的狀況。

grammar 083

とみえて、とみえる

看來…、似乎…

類義文法
ようだ
好像…、像…一樣的

接續方法 ▶ {名詞（だ）；形容動詞詞幹（だ）；[形容詞・動詞] 普通形}＋とみえて、とみえる

【推測】表示前項是敘述推測出來的結果，後項是陳述這一推測的根據。前項為後項的根據、原因、理由，表示說話者從現況、外觀、事實來自行推測或做出判斷。

類語 ～らしく／～らしい

例1 黄さんは、もう立ち直ったようだ。次のボーイフレンドを見つけたとみえる。

黃小姐似乎已經振作起來了。看來她已經找到新男友了。

黃小姐最近春風滿面，應該是有新歡了吧？希望她這次能修成正果！

要說一個人看起來怎麼樣，就用「とみえて」來表示。

---

2 黄さんは勝ち気な女性とみえて、ふられてから合コンに積極的だ。

黃小姐看來是位好強的女性，被甩了之後對於聯誼的態度很積極。

3 黄さんがしょぼんとしている。ふられて悲しいとみえる。

黃小姐看起來垂頭喪氣的，看來是被甩了所以很難過。

4 黄さんの様子からして、彼に夢中だとみえる。

從黃小姐的樣子看來，像是對他十分迷戀。

5 黄さんは、泣いたとみえて目が赤い。

黃小姐眼睛通紅，看起來像哭過了。

ともあろうものが

身為…卻…、堂堂…竟然…、名為…還…

類義文法

たる（もの）
作為…的人…

接續方法 ▶ {名詞}＋ともあろう者が

1【評價的觀點】表示具有聲望、職責、能力的人或機構，其所作所為，就常識而言是與身份不符的。「ともあろう者が」後項常接「とは／なんて、〜」，帶有驚訝、憤怒、不信及批評的語氣，但因為只用「ともあろう者が」便可傳達說話人的心情，因此也可能省略後項驚訝等的語氣表現。前接表示社會地位、身份、職責、團體等名詞，後接表示人、團體等名詞，如「者、人、機関」，如例 (1) 〜 (3)。

2〖ともあろうＮが〗若前項並非人物時，「者」可用其它名詞代替，如例 (4)。

3〖ともあろうもの＋に〗「ともあろう者」後面常接「が」，但也可接其他助詞，如例 (5)。

意思 それほどの人物が〜　類語 それほどの〜が〜

例1 日本のトップともあろう者が、どうしたらいいのか分からないとは、情けないものだ。

連日本的領導人竟然都會茫然不知所措，實在太窩囊了。

自從金融危機以後，領導人一直呈現不知所措的狀態，到底怎麼了？振作點好不好！

「ともあろう者が」前接這樣有社會地位的「日本的領導人」，帶著不信任感批評地說：「竟然都不知道該怎麼辦」，這「實在太窩囊了」。後項是與身份不符的事物。

---

2 医者ともあろう者が万引きをするとは、お金がないわけでもあるまいし。

貴為醫師的人卻幹了順手牽羊的行徑，又不是缺錢花用啊。

3 市議会議員ともあろう者が賭博で逮捕されるとは、投票してくれた人に対する裏切りだ。

身為市議員卻因賭博而遭到逮捕，這等於背叛了投票給他的選民。

4 トヨサンともあろう会社が、倒産するとは驚いた。

規模龐大如豐產公司居然倒閉了，實在令人震驚。

5 あんな暴言を吐くなんて、首相ともあろう者にあるまじきことだ。

貴為首相竟然口出惡言，以其身分地位實在不恰當。

ともなく、ともなしに

1.雖然不清楚是…，但…；2.無意地、下意識的、不知…、無意中…

類義文法
ことなしに
不…而…

1 【無目的行為】{疑問詞（＋助詞）}＋ともなく、ともなしに。前接疑問詞時，則表示意圖不明確。表示在對象或目的不清楚的情況下，採取了那種行為，如例 (1) ～ (3)。

2 【樣態】{動詞辭書形}＋ともなく、ともなしに。表示並不是有心想做，但還是發生了後項這種意外的情況。也就是無意識地做出某種動作或行為，含有動作、狀態不明確的意思，如例 (4)、(5)。

意思 ～するつもりはなく／それが～かは不明だが～

類語 なにげなく／何となく／特に～する気もなく

例1 一人で食事をするときも、誰にともなく「いただきます」と言う。

就連一個人吃飯的時候，也會自言自語地說「我開動了」。

日本人從小就被教導飯前要說「いただきます」（我開動了），所以就連一個人吃飯時，還是會不自覺說了再開動。

「ともなく」（無意中）前接疑問詞「誰」，表示即使身邊沒有任何人，還是會不由自主地說「我開動了」。

2 蝶が1匹、どこからともなく飛んできて、どこへともなく飛び去った。

一隻蝴蝶，不從從何處飛來，又不知飛往何處了。

3 二人は、いつからともなしに、互いをライバル視するようになった。

他們兩人不知道從什麼時候開始，互相把對方當成競爭對手了。

4 昼食に入った店で、隣の二人の話を聞くともなく聞いていたら、妻の友人だった。

在去吃午餐的那家店裡，不經意地聽著鄰桌兩人的交談，這才發現原來是太太的朋友。

5 彼女は、さっきから見るともなしに雑誌をぱらぱらめくっている。

她從剛才就漫不經心地，啪啦啪啦地翻著雜誌。

grammar 086

と（も）なると、と（も）なれば

要是…那就…、如果…那就…、一旦處於…就…

接續方法▶{名詞；動詞普通形}＋と（も）なると、と（も）なれば

【**評價的觀點**】前接時間、職業、年齡、作用、事情等名詞或動詞，表示如果發展到某程度，用常理來推斷，就會理所當然導向某種結論、事態、狀況及判斷。後項多是與前項狀況變化相應的內容。

意思 もし～なら

類語 ～になると、やはり～

例1 プロともなると、作品の格が違う。

要是變成專家，作品的水準就會不一樣。

你看！大師就是大師，作品就是有水準。

「ともなると」表示如果成為前項「プロ」（專家）這樣的水準，那用常理來推，當然就會有相符的情況產生，那就是「作品の格が違う」（作品水準就會不一樣）。

2 12時ともなると、さすがに眠たい。

到了十二點，果然就會想睡覺。

3 首相ともなれば、いかなる発言にも十分注意が必要だ。

如果當了首相，對於一切的發言就要十分謹慎。

4 家を買うとなると、しっかり計画を立てる必要がある。

如果要買房子，就必須做詳盡的規劃。

5 彼女の両親に初めて会うとなれば、服装やら何やら気を使う。

既然是第一次和她父母見面，從服裝到其他細節都得用心。

grammar 087

ないではすまない、ずにはすまない、なしではすまない

不能不…、非…不可

<blockquote>
類義文法

ないではおかない
不能不…
</blockquote>

1 【強制】{動詞否定形}＋ないでは済まない；{動詞否定形（去ない）}＋ずには済まない（前接サ行變格動詞時，用「せずには済まない」）。表示前項動詞否定的事態、説辭，考慮到當時的情況、社會的規則等，是不被原諒的、無法解決問題的或是難以接受的，如例 (1)、(2)。

2 【強制】{名詞}＋なしでは済まない；{名詞；形容動詞詞幹；[形容詞・動詞]普通形}＋では済まない。表示前項事態、説辭，是不被原諒的或無法解決問題的，指對方的發言結論是説話人沒辦法接納的，前接引用句時，引用括號（「」）可有可無，如例 (3)、(4)。

3 〖ではすまされない〗和可能助動詞否定形連用時，有強化責備語氣的意味，如例 (5)。

意思 ～なければ事態が（解決）解消しない

類語 ～しなければならない

例1 **時間がないので、徹夜しないで済まない。**

由於時間不夠了，不熬夜不行了。

明天就要截稿了，還有五分之一還沒有完成，救命啊！不熬夜拚肯定來不及的！

「ないでは済まない」(非…不可)表示已經沒有時間了，不熬夜一定會來不及。

---

2 **何としても相手を説得せずには済まない。**

無論如何都非得説服對方不可。

---

3 **ここまでこじれると、裁判なしでは済まないかもしれない。**

雙方已經僵持到這種地步，或許只能靠打官司才能解決了。

---

4 **「できない」では済まない。**

光是嚷著「我不會做」也無濟於事。

---

5 **今さら知らなかったでは済まされない。**

事到如今佯稱不知情也太説不過去了吧！

ないともかぎらない

也並非不…、不是不…、也許會…

類義文法

なくもない
也並非不…

接續方法 ▶ {名詞で；[形容詞・動詞] 否定形}＋ないとも限らない

【部分否定】表示某事並非百分之百確實會那樣。一般用在說話人擔心好像會發生什麼事，心裡覺得還是採取某些因應的對策比較好。暗示微小的可能性。看「ないとも限らない」知道「とも限らない」前面多為否定的表達方式。但也有例外，前面接肯定的表現如：「金持ちが幸せだとも限らない」(有錢人不一定很幸福)。

意思 そうと断定できない

類語 ～かもしれない

例1 火災にならないとも限らないから、注意してください。

我並不能保證不會造成火災，請您們要多加小心。

今天風這麼大，露營的營火，沒有妥善處理，可能引起火災的。

「ないとも限らない」表示並不是百分之百保證「不會發生火災」，說話的人，擔心會造成災害，覺得要「多多小心」。

---

2 好意でしたことが、相手にとって迷惑でないとも限らない。

基於善意所做的事，也有可能反而造成對方的困擾。

3 案外面白くないとも限らないから、一度行ってみよう。

說不定會變有趣的，還是去看看吧。

4 親父のことだから、直前に気を変えないとも限らない。

畢竟老爸總是三心兩意的，難講到了前一刻或許仍會改變心意。

5 鍵をポストの中に置いておいたりしたら、泥棒が入らないとも限らない。

如果把鑰匙擱在信箱裡，說不定小偷會進來的。

ないまでも

沒有…至少也…、就是…也該…、即使不…也…

接續方法▶ {名詞で(は);[形容詞・形容動詞・動詞]否定形}＋ないまでも

【程度】前接程度比較高的，後接程度比較低的事物。表示雖然不至於到前項的地步，但至少有後項的水準，或只要求做到後項的意思。後項多為表示義務、命令、意志、希望、評價等內容。後面為義務或命令時，帶有「せめて、少なくとも」(至少) 等感情色彩。

意思 ～ないけれども、～なくても

類語 ～ほどではないが／～まではできないが

例1 **毎日ではないまでも残業がある。**

雖說不是每天，有時還是得加班。

最近剛進了一家新公司，上下班時間都蠻穩定的，不過偶爾比較忙的時候，還是會小加一下班。

「ないまでも」(即使不…也…) 表示雖然不至於到前項(每天加班)那麼頻繁，但還是會有後項(有時加班)這樣的程度。

---

2 不合格でないまでも、まだまだ努力が足りません。

雖然不到不及格的程度，但是還遠遠不夠努力。

3 おいしくないまでも、食べられないことはない。

雖然不太好吃，還不至於令人食不下嚥。

4 小野さんのことは、嫌いではないまでも特別好きではない。

對於小野先生，既不討厭但也沒有特別喜歡。

5 プロ並みとは言えないまでも、なかなかの腕前だ。

雖說還不到專業的水準，已經算是技藝高超了。

grammar 090

ないものでもない、なくもない

也並非不…、不是不…、也許會…

類義文法

ないこともない
並不是不…

接續方法 ▶ {動詞否定形}＋ないものでもない

【部分否定】表示依後續周圍的情勢發展，有可能會變成那樣、可以那樣做的意思。用較委婉的口氣敘述不明確的可能性。是一種用雙重否定，來表示消極肯定的表現方法。多用在表示個人的判斷、推測、好惡等。語氣較為生硬。

意思 ～てもいい

類語 ～しないわけではない／～することもあり得る

例1 この量なら１週間で終わらせられないものでもない。

以這份量來看，一個禮拜也許能做完。

這是公司半年份的進出貨單，你要花多少時間完成？

「ないものでもない」表示依以往經驗來看「この量なら」（以這份量來看），一星期內是可以完成的。但考慮到可能會有其他的工作會干預，所以說得比較保留。

---

2 彼の言い分も分からないものでもない。

他所説的話也不是不能理解。

3 この程度の問題なら、我々で解決できないものでもない。

假如是這種程度的問題，並不是我們所解決不了的。

4 お酒は飲まなくもありませんが、月にせいぜい２、３回です。

也不是完全不喝酒，但頂多每個月喝兩三次吧。

5 これぐらいの痛みなら、耐えられないものでもない。

如果是這種程度的疼痛，倒不是忍受不了的。

ながら、ながらに、ながらの

1. 保持…的狀態；3. 雖然…但是…

接續方法▶ {名詞；動詞ます形} ＋ながら、ながらに、ながらの＋{名詞}

1〔樣態〕前面的詞語通常是慣用的固定表達方式。表示「保持…的狀態下」，表明原來的狀態沒有發生變化，繼續持續。用「ながらの」時後面要接名詞，如例 (1)、(2)。

2〔ながらにして〕「ながらに」也可使用「ながらにして」的形式，如例 (3)、(4)。

3〔讓步〕讓步逆接的表現。表示「實際情形跟自己所預想的不同」之心情，後項是「事實上是…」的事實敘述，如例 (5)。

意思 そのまま変化しないで続く状態・様子

類語 〜のまま

例1 僕は生まれながらのばかなのかもしれません。

説不定我是個天生的傻瓜。

天啊！我到底在做什麼？又把 A 案搞砸了！讓公司賠上大筆金錢…我真是個大傻瓜！

「ながらの」後接名詞「ばか」，表示説不定自己從生下來那時起，就一直是傻瓜的意思。

2 ここでは、昔ながらの製法で、みそを作っている。

在這裡，我們是用傳統以來的製造方式來做味噌的。

3 彼には、生まれながらにしてスターの素質があった。

他擁有與生俱來的明星特質。

4 インターネットのおかげで、家にいながらにして買い物ができる。

多虧有網路，待在家裡也可以購物。

5 夫の浮気を知りながら、子供たちの前では円満な夫婦を演じている。

儘管知道丈夫有外遇，在孩子們面前仍然假扮成一對美滿的夫妻。

なくして（は）〜ない

如果沒有…就不…、沒有…就沒有…

類義文法

ぬきでは
沒有…的話

接續方法 ▶ {名詞；動詞辭書形} ＋（こと）なくして（は）〜ない

【條件】表示假定的條件。表示如果沒有不可或缺的前項，後項的事情會很難實現或不會實現。「なくして」前接一個備受盼望的名詞，後項使用否定意義的句子（消極的結果）。「は」表示強調。書面用語，口語用「なかったら」。

意思 〜がなければ〜ない

類語 〜がなければ／〜がなかったら

例1 **過ちなくして、成長することはない。**

如果沒有失敗，就沒辦法成長。

從錯誤中學習，其實會比從成功中學習，得到的還要多喔！

「なくして」表示沒有前項的「過ち」（失敗），就沒有辦法成長（後項很難實現）。後面要用否定表現。

2 **双方の妥協なくして、合意に達することはできない。**

雙方沒有妥協，就無法達成共識。

3 **愛なくして人生に意味はない。**

如果沒有愛，人生就毫無意義。

4 **あなたなくしては、生きていけません。**

失去了你，我也活不下去。

5 **話し合うことなくして、分かりあえることはないでしょう。**

雙方沒有經過深入詳談，就不可能彼此了解吧！

なくはない、なくもない

也不是沒…、並非完全不…

類義文法
もなんでもない、 もなんともない
也不是…什麼的

接續方法 ▶ {名詞が；形容詞く形；形容動詞て形；動詞否定形；動詞被動形} ＋ なくはない、なくもない

【部分否定】表示「並非完全不…、某些情況下也會…」等意思。利用雙重否定形式，表示消極的、部分的肯定。多用在陳述個人的判斷、好惡、推測。

意思 まったく〜ないのではない

類語 ないことはない

例1 お酒ですか。飲めなくはありません。

喝酒嗎？也不是不能喝啦。

其實醫生要我最近禁酒…不過偷喝一點也無所謂吧？

「なくはない」是雙重否定用法，消極地肯定某個人事物。

---

2 大学入試は自信がなくはないけど、やっぱり緊張します。

對於大學入學考試雖然也不是完全沒自信，但還是會緊張。

3 「今、ちょっとお時間よろしいですか。」「ああ、忙しくなくはないけど、何ですか。」

「現在方便打擾一下嗎？」「嗯，也不是不忙啦，怎麼了？」

4 インターネットはとても便利だが、使い方によっては危険でなくもない。

網路雖然很方便，但是依照使用方式的不同也不能說它不危險。

5 ときどき、結婚を後悔することがなくもない。

偶爾也不是沒有後悔過結婚。

grammar **094**

なしに（は）～ない、なしでは～ない

1. 沒有…不、沒有…就不能…；2. 沒有…

類義文法
なくして（は）～ない 沒有…就沒有…

接續方法 ▸ {名詞；動詞辭書形}＋（こと）なしに（は）～ない；{名詞}＋なしでは～ない

1【否定】 表示前項是不可或缺的，少了前項就不能進行後項的動作。或是表示不做前項動作就先做後項的動作是不行的。有時後面也可以不接「ない」，如例（1）～（3）。

2【非附帶】 用「なしに」表示原本必須先做前項，再進行後項，但卻沒有做前項，就做了後項，也可以用「名詞＋もなしに」，「も」表示強調，如例（4）、（5）。

意思 ～しないままで

類語 ～しないで

例 1 **僕はお酒と音楽なしでは生きていけないんです。**

我沒有酒和音樂就活不下去。

「酒」和「音樂」是我的創作之源，沒有這兩樣我就活不下去啦！

「なしでは」表示前面的事物是不可或缺的、必要的。

2 この事業は彼の資金援助なしには成功しなかっただろう。

這份事業當初要是沒有他的資金援助應該不會成功。

3 目が悪くて、眼鏡なしでは本を読めないんです。

視力不好，沒有眼鏡的話就沒辦法看書。

4 朝から晩まで休みなしに働いて、ようやく家の修理が終わった。

從早工作到晚沒有休息，終於把房子修理完了。

5 歯が急に痛み出し、予約（も）なしに歯医者に行った。

牙齒突然痛了起來，（也）沒有預約就去看牙醫了。

なみ

相當於…、和…同等程度

類義文法
ごとし、ごとき
如…一般（的）

接續方法 ▶ {名詞}＋並み

1 【比較】表示該人事物的程度幾乎和前項一樣。「並み」含有「普通的、平均的、一般的、並列的、相同程度的」之意。像是「男並み」（和男人一樣的）、「人並み」（一般）、「月並み」（每個月、平庸）等都是常見的表現。

2 〔並列〕有時也有「把和前項許多相同的事物排列出來」的意思，像是「街並み」（街上房屋成排成列的樣子）、「軒並み」（家家戶戶）。

意思 〜とほぼ同程度

例1 **世間並みじゃいやだ。俺は成功者になりたいんだ。**

我不要平凡！我要當個成功人士。

我要出頭天！我要當「勝ち組」（人生勝利組）！

「並み」前面接名詞，表示和該名詞是一樣程度的。

2 まだ５月なのに、今日は真夏並みの暑さだった。

才五月而已，今天就熱得像盛夏一樣。

3 男性並みに働きたいわけではなく、仕事が好きなだけです。

我無意和男人一樣全心投入事業，只是喜歡工作而已。

4 容姿は十人並みだけれど、気が利くし温厚ないい人だよ。

容貌雖然普普通通，但是是個機伶又敦厚的好人喔！

5 谷根千は、都心にありながら、古い町並みが残っている。

谷根千（谷中、根津、千駄木）雖然位於都心，但依然保有古樸的小鎮樣貌。

ならいざしらず、はいざしらず、だったらいざしらず

類義文法
であろうと
無論…都…

（關於）我不得而知…、姑且不論…、（關於）…還情有可原

接續方法 ▶ {名詞}＋ならいざ知らず、はいざ知らず、だったらいざ知らず；
{[名詞・形容詞・形容動詞・動詞] 普通形 (の)}＋ならいざ知らず

【排除】舉出對比性的事例，表示排除前項的可能性，而著重談後項中的實際問題。後項所提的情況要比前項嚴重或具特殊性。後項的句子多帶有驚訝或情況非常嚴重的內容。「昔はいざしらず」是「今非昔比」的意思。

意思 ～についてはよくわからないが／～はともかくとして

類語 ～ともかくとして

例1 **昔はいざしらず、今は会社を十も持つ大実業家だ。**

不管他有什麼樣的過去，現在可是擁有十家公司的大企業家。

每個人的心裡，都潛藏著巨大的心理能量，一旦正確使用，就能成就非凡喔！

「はいざ知らず」前後接對比的「昔、今」，表示他「以前」怎麼樣我是不知道啦！我現在知道的是「現在可是擁有十家公司的大企業家」了。後項比前項程度更甚。

2 **子供ならいざ知らず、大の大人までが夢中になるなんてね。**

如果是小孩倒還另當別論，已經是大人了竟然還沉迷其中！

3 **小学生ならいざ知らず、中学生にもなって、ぬいぐるみで遊んでいるんですか。**

小學生的話就算了，已經是國中生了居然還在玩玩偶嗎？

4 **付き合ってるならいざ知らず、ただの同僚に手作り弁当をもらっても困る。**

若是正在交往也就算了，如果只是一般同事卻親手做便當送給我，未免有點困擾。

5 **私の彼だって知らなかったのならいざ知らず、知っててちょっかい出してくるなんて、許せない。**

假如不曉得他是我男友也就算了，要是明明知道卻故意來逗弄，那就不可原諒！

ならでは (の)

1.正因為…才有 (的)、只有…才有 (的);2.若不是…是不… (的)

類義文法
がゆえ（に）、
がゆえの
…才有的…

接續方法▶ {名詞}＋ならでは (の)

1【限定】表示對「ならでは (の)」前面的某人事物的讚嘆，含有如果不是前項，就沒有後項，正因為是這人事物才會這麼好。是一種高度評價的表現方式，所以在商店的廣告詞上，有時可以看到。置於句尾的「ならではだ」，表示肯定之意，如例 (1) ～ (4)。

2〔ならでは～ない〕「ならでは～ない」的形式，強調「如果不是…則是不可能的」的意思，如例 (5)。

意思 ～ただ～だけができる

類語 ～でなくては (できない) ／～だけの／～以外にはない

例1 決勝戦ならではの盛り上がりを見せている。

比賽呈現出決賽才會有的激烈氣氛。

紅隊的三壘跑者要盜壘了！白隊也不甘示弱，從中外野直接把球傳回本壘！OUT！

「ならではの」表示正因為是「決勝戦」(決賽)，才能這麼精彩 (後項)。含有正面評價的語意。

2 田舎ならではの人情がある。

若不是在鄉間，不會有如此濃厚的人情味。

3 これは子供ならでは描けない味のある絵だ。

這是只有小孩子才畫得出如此具有童趣的圖畫呀！

4 お正月ならではの雰囲気が漂っている。

到處充滿一股過年特有的氣氛。

5 彼ならではできない表現に、みんな舌を巻いた。

他那極具獨特魅力的呈現方式，令眾人咋舌。

grammar 098 なり

剛…就立刻…、一…就馬上…

接續方法 ▶ {動詞辭書形}＋なり

【時間的前後】表示前項動作剛一完成，後項動作就緊接著發生。後項的動作一般是預料之外的、特殊的、突發性的。後項不能用命令、意志、推量、否定等動詞。也不用在描述自己的行為，並且前後句的動作主體必須相同。

意思 その動作の直後に／そのまま状態で～

類語 ～するとすぐに～／～したまま

例1 ボールがゴールに入るなり、観客は一斉に立ち上がった。

球一進球門，觀眾就應聲一同站了起來。

中村選手躲過了三個防守的球員，做了一個假動作，最後來了一個迴旋踢，球進門得分了！好棒唷！

「なり」表示球一進球門（前項動作剛一完成），觀眾就應聲一同站了起來（後項緊接發生這一意想不到的動作）。

---

2 「あっ、誰かおぼれてる。」と言うなり、彼は川に飛び込んだ。

他剛大喊一聲：「啊！有人溺水了！」便立刻飛身跳進河裡。

3 道で急におなかが痛くなって、会社に着くなりトイレにかけ込んだ。

在路上肚子突然痛了起來，一到公司就衝去廁所了。

4 知らせを聞くなり、動揺して言葉を失った。

一得知消息，心裡就忐忑不安說不出半句話來。

5 息子は、コーヒーを一口飲むなり「にがいー」と顔をしかめた。

兒子才喝了一口咖啡，立刻皺起眉頭說「好苦喔…」。

grammar 099

なり～なり

或是…或是…、…也好…也好

接續方法▶ {名詞；動詞辭書形} ＋なり＋ {名詞；動詞辭書形} ＋なり

1 【列舉】表示從列舉的同類、並列或相反的事物中，選擇其中一個。暗示在列舉之外，還可以其他更好的選擇，含有「你喜歡怎樣就怎樣」的語氣。後項大多是表示命令、建議等句子。一般不用在過去的事物。由於語氣較為隨便，不用在對長輩跟上司。

2 〖大なり小なり〗例句 (4) 中的「大なり小なり」(或大或小)不可以說成「小なり大なり」。

意思 ～でも～でも、好きな方を選んで

類語 ～でもいい～でもいい／～ども～でも、どちらでも～

例1 テレビを見るなり、お風呂に入るなり、好きにくつろいでください。

看電視也好、洗個澡也好，請自在地放鬆休息。

> 表弟到東京玩，到我家住，我得去上課沒辦法陪他，就讓他先隨意放鬆休息。

> 「～なり～なり」表示是從「看電視」跟「洗澡」這兩個當中選一個，也暗示可以有其他的選擇。

---

2 うちの会社も、東京から千葉なり神奈川なりに移転しよう。

我們公司不如也從東京搬到千葉或神奈川吧？

3 落ち着いたら、電話なり手紙なりちょうだいね。

等安頓好以後，記得要撥通電話還是捎封信來喔。

4 誰にでも大なり小なり欠点があるものだ。

任誰都有或大或小的缺點。

5 不明な点は、自分で調べるなり、人に聞くなりすればよい。

不清楚的地方，只要自己去查或問別人就好。

なりに、なりの

那般…（的）、那樣…（的）、這套…（的）

類義文法

ならではの
只有…才有（的）

接續方法▸{名詞；形容動詞詞幹；[形容詞・動詞]辭書形}＋なりに、なりの

1【判斷的立場】表示根據話題中人切身的經驗、個人能力所及的範圍，含有承認前面的人事物有欠缺或不足的地方，在這基礎上，依然盡可能發揮或努力地做後項與之相符的行為。多有「幹得相當好、已經足夠了、能理解」的正面評價意思。用「なりの名詞」時，後面的名詞，是指與前面相符的事物，如例 (1)～(3)。

2〖私なりに〗要用種謙遜、禮貌的態度敘述某事時，多用「私なりに」等，如例 (4)、(5)。

意思 ～に相応した（の）

例1 あの子はあの子なりに一生懸命やっているんです。

那個孩子盡他所能地拚命努力。

田中同學雖然沒有踢足球的天賦，但他還是每天一個人默默的做著辛苦又重覆的跑、跳、踢練習，百遍、千遍的重量訓練，努力跟上大家的腳步。

「なりに」（那般…）前接名詞「あの子」（那孩子）表示那孩子盡他所有能力去做這件事情。

---

2 不器用なりに、頑張って作ってみたのですが、やっぱりだめでした。

儘管笨手笨腳，卻還是努力試著做了，結果還是不行。

3 あの食堂は安いけれど、安いなりの味だ。

那家餐館雖然便宜，倒也有符合其價位的滋味。

4 弊社なりに誠意を示しているつもりです。

我們認為敝社已示出誠意了。

5 私なりに最善を尽くします。

我會盡我所能去做。

grammar 101 にあって（は／も）

在…之下、處於…情況下；即使身處…的情況下

類義文法

つつも
儘管…、雖然

接續方法 ▶ {名詞}＋にあって（は／も）

1 【時點・場合－順接】「にあっては」前接場合、地點、立場、狀況或階段，強調因為處於前面這一特別的事態、狀況之中，所以有後面的事情，這時候是順接。如例 (1) ～ (4)。

2 〔逆接〕使用「あっても」基本上表示雖然身處某一狀況之中，卻有後面的跟所預測不同的事情，這時候是逆接。接續關係比較隨意。屬於主觀的說法。說話者處在當下，描述感受的語氣強。書面用語。如例 (5)。

意思 〜に／〜で（時、場所、狀況）

類語 〜では／〜においては

例1 この上ない緊張状態にあって、手足が小刻みに震えている。

在這前所未有的緊張感之下，手腳不停地顫抖。

今天的簡報是關係公司今年最大宗的交易，真叫人緊張！

「にあって」表示事情已到重要的階段，說話人處在「この上ない緊張」（前所未有的緊張）狀況之下，發生了後面「手腳不停地顫抖」的狀態。

2 この非常時にあって、彼はなお非現実的な理想論を述べている。

都到了非常時期，他還在高談闊論那種不切實際的理想。

3 少子化社会にあって、男子校としての伝統にこだわってはいられず、女子も受け入れることにした。

面臨少子化的社會現狀，男校再也不能繼續堅持傳統，也接受女生入學了。

4 この不況下にあって、消費を拡大させることは難しい。

在這不景氣的狀況下，要增長消費能力是件難事。

5 どんな逆境にあっても、決して屈しない。

無論面對怎樣的逆境，都絕不屈服。

grammar 102
にいたって（は）、
にいたっても

1. 即使到了…程度；2. 至於、談到；3. 到…階段（才）

類義文法
にして
在…（階段）時才…

接續方法 ▶ {名詞；動詞辭書形} ＋に至って（は）、に至っても

1 【話題】「に至っても」表示即使到了前項極端的階段的意思，屬於「即使…但也…」的逆接用法。後項常伴隨「なお、まだ、未だに」（尚、還、仍然）或表示狀態持續的「ている」等詞，如例 (1)、(2)。

2 【話題】也表示從幾個消極、不好的事物中，舉出一個極端的事例來，如例 (3)。

3 【結果】「に至って（は）」表示到達某極端狀態的時候，後面常接「初めて、やっと、ようやく」，如例 (4)。

意思 ～という状態になって（も）

類語 ～になって／～になっても

例1 **会議が深夜に至っても、結論は（まだ）出なかった。**

會議討論至深夜（仍然）沒能做出結論。

據調查，日本人是一個喜歡開會的民族。日本人在開會中，贊成一個提案，會默不作聲，只有反對時才會發言。還挺有趣的！

「に至って」表示事物即使到了「會議討論到深夜」這一極端的階段，後項還是一樣「還是沒能做出結論」。

---

2 **現在に至っても、10 年前の交通事故の後遺症に悩まされている。**

即使到了現在，仍為十年前的交通意外傷害所留下的後遺症所苦。

3 **兄も弟もやくざで、父親に至っては殺人の罪で牢屋に入っている。**

哥哥和弟弟都是流氓，就連父親也因殺人罪而還被關在牢裡。

4 **実際に組み立てる段階に至って、ようやく設計のミスに気がついた。**

直到實際組合的階段，這才赫然發現了設計上的錯誤。

にいたる

1. 最後…、到達…、發展到…程度；2. 最後…

類義文法

にいたるまで
…至…、直到…

1【結果】{名詞；動詞辭書形}＋に至る。表示事物達到某程度、階段、狀態等。含有在經歷了各種事情之後，終於達到某狀態、階段的意思，常與「ようやく、とうとう、ついに」等詞相呼應，如例 (1) 〜 (4)。

2【到達】{場所}＋に至る。表示到達之意，如例 (5)。偏向於書面用語。翻譯較靈活。

意思 〜到達する

類語 〜になる

例1 何時間にも及ぶ議論を経て、双方は合意するに至った。

經過好幾個小時的討論，最後雙方有了共識。

兩公司在品管上，都非常的堅持，光是品管議題，就討論了好幾個小時。

「に至る」（到達…）表示說話者在「經過好幾小時的研商之後」，事情終於進展到「雙方有了共識」的階段。

---

2 二人は話し合い、ついに離婚という結論に至った。

兩人談過以後，最後做出了離婚的結論。

3 彼が父親を殺害するに至ったのは、幼少期から虐待されていたからにほかならない。

他之所以到了殺害父親的地步，一切都要歸因於從幼年時期起持續遭受的虐待。

4 入院と退院を繰り返して、ようやく完治するに至った。

經過幾次的住院和出院，病情終於痊癒了。

5 森に降る雨は、地下水や河川水となり、やがて海に至る。

降落在森林的雨水，會成為地下水和河水，最後流進海洋。

にいたるまで

…至…、直到…

類義文法

〜から〜にかけて
自…至…

接続方法 ▶ {名詞}＋に至るまで

【極限】表示事物的範圍已經達到了極端程度，對象範圍涉及很廣。由於強調的是上限，所以接在表示極端之意的詞後面。前面常和「から」相呼應使用，表示從這裡到那裡，此範圍都是如此的意思。

意思 〜に達するまで／〜から〜まで全部

類語 〜まで

例1 祖父母から孫に至るまで、家族全員元気だ。

從祖父母到孫子，家人都很健康。

我們家三代同堂，慈祥的祖父母，開朗的雙親，還有活潑的小孫子，每個人都很健康！

「に至るまで」(…至…)表示範圍從「祖父母」(祖父母)到「孫」(孫子)，家人都很健康。

2 ファッションから政治に至るまで、彼はどんな話題についても話せる。

從流行時尚到政治，他不管什麼話題都可以聊。

3 郵便料金は、東京から離島に至るまで均一だ。

郵資從東京到離島都是相同價錢。

4 会社の金が盗まれ、重役からバイトに至るまで、厳しく調べられた。

公司的錢被偷了，上至董事下至兼職人員，統統受到了仔細的盤查。

5 服から小物に至るまで、彼女はブランド品ばかり持っている。

從服飾至小飾品，她用的都是名牌。

grammar **105**

にかぎったことではない

不僅僅…、不光是…、不只有…

類義文法
にとどまらず
不僅僅…、不限於…

接續方法 ▶ {名詞} ＋に限ったことではない

【非限定】表示事物、問題、狀態並不是只有前項這樣，其他場合也有同樣的問題等。經常用於表示負面的情況。

意思 ～だけに言えることではない
類語 ～とはかぎらない

例1 **不景気なのは何もうちの会社に限ったことではない。**

經濟不景氣的並不是只有我們公司。

現在整體大環境都不好，唉，大家日子都很難過啦！

「に限ったことではない」相當於「だけではない」。

---

2 このようないじめは今回に限ったことではない。

像這種霸凌行為並不是只有這次而已。

3 我が家で赤飯を食べるのは、お祝いの日に限ったことではない。

在我們家，不只是在慶祝的日子才吃紅豆飯。

4 少子化は、日本に限ったことではない。

少子化並不是只發生在日本的現象。

5 急に残業させられるのは、今日に限ったことではない。

突然被要求加班並不是一天兩天的事了。

にかぎる

1. 就是要…、…是最好的；2. 最好…

類義文法

のいたり（だ）

真是…到了極點、無比…

接續方法 ▶ {名詞（の）；形容詞辭書形（の）；形容動詞詞幹（なの）；動詞辭書形；
動詞否定形}＋に限る

1【最上級】 除了用來表示説話者的個人意見、判斷，意思是「…是最好的」，
相當於「が一番だ」，一般是被普遍認可的事情，如例 (1)～(3)。還可以
用來表示限定，相當於「だけだ」。

2【勸告】 同時也是給人忠告的句型，相當於「たほうがいい」，如例 (4)、
(5)。

意思 ～のが一番いい

類語 ～かぎりだ

例1 **夏はやっぱり冷たいビールに限るね。**

夏天就是要喝冰啤酒啊！

夏天還喝什麼熱茶啊！
把冰啤酒給我拿來！冰
啤酒才是王道！

「に限る」相當於
「～は一番だ」。

---

2 チーズケーキは、この店のに限る。

乳酪蛋糕還是這家店的最好吃！

3 ああ、いい香りだ。やっぱりたたみは、新しいのに限るな。

嗯，好香喔！榻榻米果然是新的好！

4 太りたくなければ、家にお菓子を置かないに限る。

若不想發胖，最好是不要在家裡放點心零食。

5 悪いと思ったら、素直に自分の非を認め、さっさと謝るに限る。

如果覺得是自己的錯，那就老實地承認自己的錯誤，快點道歉。

にかこつけて

以…為藉口、托故…

接續方法 ▶ {名詞}＋にかこつけて

【原因】前接表示原因的名詞，表示為了讓自己的行為正當化，用無關的事做藉口。後項大多是可能會被指責的事情。

意思 ～を口実にして／～を言い訳にして

類語 ～のせいにして

例1 父の病気にかこつけて、会への出席を断った。

以父親生病作為藉口拒絕出席會議了。

橋本今天怎麼沒來啊？

「にかこつけて」前面接表示原因的名詞，表示為了讓自己的行為「拒絕出席會議」正當化，用無關的事，不是事實或主要原因的「父親生病」做藉口。

---

2 大学進学にかこつけて、一人暮らしを始めた。

以上大學作為藉口，開始了一個人的生活。

3 息子の入学式にかこつけて、妻までスーツを新調したらしい。

以要出席兒子的入學典禮的藉口，妻子好像趁機為自己添購了一套新套裝。

4 忘年会の買い出しにかこつけて、自分用のおつまみも買ってきました。

趁著去採買尾牙用的用品的機會，連自己要吃的零食也順道買了回來。

5 仕事の付き合いにかこつけて、毎晩のように飲みに行く。

假借工作應酬的名義，幾乎天天都流連酒鄉。

にかたくない

不難…、很容易就能…

類義文法
に（は）あたらない
不需要…

接續方法 ▶ {名詞；動詞辭書形} ＋に難くない

【難易】表示從一狀況來看，不難想像，誰都能明白的意思。前面多用「想像する、理解する」等理解、推測的詞，書面用語。

意思 ～（状況から見て）簡単に～できる

類語 ～するのは難しくない

例1 お産の苦しみは想像に難くない。

不難想像生產時的痛苦。

女人真是了不起！生小孩時都能忍受那種痛到骨裡苦！

説話者針對「お産の苦しみ」（生產時的疼痛）這件事，做出了「想像にかたくない」（不難想像）的判斷。表示生小孩的痛苦，任誰都能明白的。

2 双方の意見がぶつかったであろうことは、推測に難くない。

不難猜想雙方的意見應該是分歧的。

3 こうした問題の発生は、予想するに難くない。

不難預料會發生這樣的問題。

4 困難の連続だったことは、想像するに難くない。

不難想像當初困難重重。

5 娘を嫁にやる父親の気持ちは察するに難くない。

不難想像父親嫁女兒的心情。

にして

1. 在…（階段）時才…；2. 是…而且也…；3. 雖然…但是…；
4. 僅僅…

類義文法
なり
剛…就立刻…

接續方法 ▸ {名詞}＋にして

1 【時點】前接時間、次數、年齡等，表示到了某階段才初次發生某事，也就是「直到…才…」之意，常用「名詞＋にしてようやく」、「名詞＋にして初めて」的形式，如例 (1)、(2)。

2 【列舉】表示兼具兩種性質和屬性，可以用於並列，如例 (3)。

3 【逆接】可以用於逆接，如例 (4)。

4 【短時間】表示極短暫，或比預期還短的時間，表示「僅僅…」的意思。前常接「一瞬、一日」等。如例 (5)。

意思 ～でありながら／～で

類語 ～でありながら／～で

例1 **結婚５年目にしてようやく子供を授かった。**

結婚五週年，終於有了小孩。

太好了！太好了！我盼了五年終於當爸爸了！

「にして」（到了…才…）表示結婚時，就很期盼有個孩子。但是一等就是五年，終於在「結婚五年目」（結婚五週年）這個時間點，才發生「有了小孩」這件事。

---

2 **60歳にして英語を学び始めた。**

到了六十歲，才開始學英語。

3 **彼は、高校教師にして大学院生でもある。**

他既是高中老師，也是研究生。

4 **国家元首にして、あのような言動がどうして許されようか。**

堂堂一國的元首，那種言行舉止怎麼可以被原諒！

5 **好きな人の酔っぱらった姿を見て、一瞬にして恋が冷めた。**

看到心儀的人喝得爛醉的樣子，立刻對他沒了感覺。

にそくして、にそくした

依…（的）、根據…（的）、依照…（的）、基於…（的）

接續方法▶{名詞}＋に即して、に即した

1 【基準】「即す」是「完全符合，不脱離」之意，所以「に即して」接在事實、規範等意思的名詞後面，表示「以那件事為基準」，來進行後項。如例 (1)。

2 〖に即した（Ａ）Ｎ〗常接「時代、実験、実態、事実、現実、自然、流れ」等名詞後面，表示按照前項，來進行後項，如例 (2)～(5)。如果後面出現名詞，一般用「に即した＋(形容詞・形容動詞)名詞」的形式。

意思 ～に従って／～に基づいて

類語 ～に合って／～に合わせて～／に合って

例1 **実験結果に即して考える。**

根據實驗結果來思考。

「に即して」（按照…）表示按照前項的實驗結果，來進行後項思考的動作。

這次針對小學高年級生所做的教學實驗，結果呈現出非常明顯的差距，這也讓教師們重新審視自己教學上的優缺點。

---

2 **時代に即した新たなシステム作りが求められている。**

渴望能創造出符合時代需求的新制度。

3 **彼の弁解は事実に即していない。**

他的辯解與事實不符。

4 **実態に即して戦略を練り直す必要がある。**

有必要根據現狀來重新擬定戰略。

5 **現状に即して、計画を立ててください。**

請做出一個切合現狀的計畫。

にたえる、にたえない

1. 經得起…、可忍受…；2. 值得…；3. 不堪…、忍受不住…；
4. 不勝…

類義文法

にかたくない
不難…

1 **【可能】**{名詞；動詞辭書形}＋にたえる；{名詞}＋にたえられない。表示可以忍受心中的不快或壓迫感，不屈服忍耐下去的意思。否定的説法用不可能的「たえられない」，如例 (1)、(2)。

2 **【價值】**{名詞；動詞辭書形}＋にたえる；{名詞}＋にたえない。表示值得這麼做，有這麼做的價值，如例 (3)。這時候的否定説法要用「たえない」，不用「たえられない」。

3 **【強制】**{動詞辭書形}＋にたえない。表示情況嚴重得不忍看下去，聽不下去了。這時候是帶著一種不愉快的心情。前面只能接「読む、聞く、見る」等為數不多的幾個動詞，如例 (4)。

4 **【感情】**{名詞}＋にたえない。前接「感慨、感激」等詞，表示強調前面情感的意思，一般用在客套話上，如例 (5)。

意思 ～に値する／～を抑えることができない
類語 ～に値する／～を我慢する／～を抑えることができない

例1 社会に出たら様々な困難にたえる神経が必要です。

出了社會之後，就要有經得起遇到各種困難的心理準備。

出社會以後會遇到很多苦，能忍別人所不能忍的，就可以比人高一等喔！

用「にたえる」（經得起…）表示出社會後，要經得起「様々な困難」（各種困難），需要先有這樣的心理準備。

---

2 胸の痛みにたえられず、救急車を呼んだ。

胸口的疼痛難以忍受，叫了救護車。

3 この作品は大人の鑑賞にもたえるものです。

這作品值得成人閱讀。

4 この古い家は、つい最近まで、見るにたえない荒れようだった。

這間老房子直到不久前還是一副慘不忍睹的破敗模樣。

5 展覧会を開催することができて、感慨にたえない。

能夠舉辦展覽會，真是不勝感慨。

grammar 112 にたる、にたりない

1. 可以…、足以…、值得…；2. 不夠…；3. 不足以…、不值
得…

接續方法▶ {名詞；動詞辭書形}＋に足る、に足りない

1【價值】「に足る」表示足夠，前接「信頼する、語る、尊敬する」等詞
時，表示很有必要做前項的價值，那樣做很恰當，如例 (1) ～ (3)。

2【無價值】「に足りない」含又不是什麼了不起的東西，沒有那麼做的價值
的意思，如例 (4)。

3【不足】「に足りない」也可表示「不夠…」之意，如例 (5)。

意思 ～に値する／～に値しない

類語 ～に値する／～できない

例1 **あの人は信頼するに足る人間だ。**

那個人值得你信任。

你要請調到公司本部啊！那邊
不僅競爭激烈，而且人人各懷
鬼胎。我來介紹山田先生給你
認識吧！我們認識很久了，他
是一個可以信任的人！

「～に足る」（足以…）前
常接「信頼する」（信任）
等慣用的字彙，表示相當
可以信任的意思。

---

2 私の人生は語るに足るほどのものではない。

我的一生沒有什麼好說的。

---

3 これだけでは、彼の無実を証明するに足る証拠にはならない。

只有這些證據，是無法證明他是被冤枉的。

---

4 斎藤なんか、恐れるに足りない。

區區一個齋藤根本不足為懼。

---

5 今の収入では、生活していくに足りない。

以現在的收入實在入不敷出。

grammar 113

にとどまらず（～も）

不僅…還…、不限於…、不僅僅…

類義文法

にわたり

在…範圍內、一直…

接續方法 ▶ {名詞（である）；動詞辭書形}＋にとどまらず（～も）

【非限定】表示不僅限於前面的範圍，更有後面廣大的範圍。前接一窄狹的範圍，後接一廣大的範圍。有時候「にとどまらず」前面會接格助詞「だけ、のみ」來表示強調，後面也常和「も、まで、さえ」等相呼應。

意思 ～だけでなく、更に広い範囲／その範囲には収まらず

類語 ～だけでなく

例1 テレビの悪影響（あくえいきょう）は、子供（こども）たちのみにとどまらず大人（おとな）にも及（およ）んでいる。

電視節目所造成的不良影響，不僅及於孩子們，甚至連大人亦難以倖免。

不管是大人還是小孩，都喜歡看電視，當然影響所及就可想而知了。

「にとどまらず」前接一個較小的範圍「孩子們」，後接一個較大的範圍「大人」，表示不僅小孩，就連大人也都會「受到電視不良的影響」。

---

2 和田（わだ）さんは、英語（えいご）にとどまらず、中国語（ちゅうごくご）、ロシア語（ご）など 10 か国語（こくごいじょう）以上（いじょう）を操（あやつ）れる。

和田先生不僅會英文，還會説中文、俄文等超過十國語言。

3 先月発売（せんげつはつばい）したゲームは、国内（こくない）にとどまらず、海外（かいがい）でもバカ売（う）れです。

上個月開始販售的遊戲軟體，不僅在國內大受歡迎，在海外也狂銷一空。

4 寺山修司（てらやましゅうじ）は、短歌（たんか）にとどまらず、小説（しょうせつ）、戯曲（ぎきょく）、映画（えいが）など多方面（たほうめん）に作品（さくひん）を遺（のこ）した。

寺山修司不單在短歌，也在小説、戲曲、電影等許多領域留下了作品。

5 娘（むすめ）は、食物（しょくもつ）アレルギーにとどまらず、ダストアレルギーもあります。

我女兒不僅有食物過敏，對灰塵也會過敏。

には、におかれましては

在…來說

接續方法▶ {名詞}＋には、におかれましては

【話題】提出前項的人或事，問候其健康或經營狀況等表現方式。前接地位、身份比自己高的人或事，表示對該人或事的尊敬。語含最高的敬意。「におかれましては」是更鄭重的表現方法。前常接「先生、皆様」等詞。

意思 〜は（敬意の対象を表す）

類語 〜は

例1 あじさいの花が美しい季節となりましたが、皆様方におかれ ましてはいかがお過ごしでしょうか。

時值繡球花開始展露嬌姿之季節，各位近來是否安好？

附近的繡球花開了，好大的花球，非常美麗。想到遠方的大家，現在不知可好！

「におかれましては」前接地位、身份比自己高的人「各位」，表示對該尊敬的「各位」，進行近況的問候。

---

2 寒さ厳しい折、吉川様にはくれぐれもご自愛ください。

天氣寒冷，務請吉川女士保重玉體。

3 先生にはお元気でお過ごしのこととお喜び申し上げます。

敬祝 老師日日開心。

4 貴社におかれましては、所要の対応を行うようお願い申し上げます。

敬祈貴公司能惠予善加處理本件。

5 役員の皆様におかれましては、ご多忙中のところご出席いただきありがとうございます。

承蒙各位長官在百忙中撥冗出席，甚感謝意。

に（は）あたらない

1.不需要…、不必…、用不著…；2.不相當於…

<table>
<tr><td>類義文法</td></tr>
<tr><td>まで（のこと）もない
用不著…、不必…</td></tr>
</table>

1【程度】{動詞辭書形}＋に（は）当たらない。接動詞辭書形時，為沒必要做某事，或對對方過度反應到某程度，表示那樣的反應是不恰當的。用在說話人對於某事評價較低的時候，多接「賞賛する」（稱讚）、「感心する」（欽佩）、「驚く」（吃驚）、「非難する」（譴責）等詞之後，如例（1）～（3）。

2【不相當】{名詞}＋に（は）当たらない。接名詞時，則表示「不相當於…」的意思，如例（4）、（5）。

意思 そうすることは適当ではない
類語 ～しなくてもいい／～する必要はない

例1 この程度のできなら、称賛するに当たらない。
若是這種程度的成果，還不值得稱讚。

你竟然一下子就可以解開這個題目！好厲害唷！

「にあたらない」前接「称賛する」（稱讚）表示那算是小事一樁，沒有必要稱讚，沒什麼好大驚小怪的。

2 あの状況ではやむを得ないだろう。責めるには当たらない。
在那種情況之下，也是迫不得已的吧。不應該責備他。

3 こんなくだらない問題は討論するに当たらない。
用不著討論這種毫無意義的問題。

4 漢字があるのを平仮名で書いたくらい、間違いには当たらないでしょう。
就算把有漢字的字詞寫成了平假名，也用不著當成是錯字吧？

5 新婚さんをちょっとからかっただけだ。セクハラには当たらない。
只不過是對新婚的人稍微開開玩笑而已，算不上是性騷擾。

138

grammar 116 にはおよばない

1. 不必…、用不著…、不值得…；2. 不及…

類義文法

に（は）あたらない
不需要…、不必…

接續方法 ▶ {名詞；動詞辭書形}＋には及ばない

1【不必要】 表示沒有必要做某事，那樣做不恰當、不得要領，如例 (1)、(2)，經常接表示心理活動或感情之類的動詞之後，如「驚く」（驚訝）、「責める」（責備）。

2【不及】 還有用不著做某動作，或是能力、地位不及水準的意思，如例 (3) ～ (5)。常跟「からといって」（雖然…但…）一起使用。

意思 ～なくてもいい／～必要はない

類語 ～しなくてもいい／～する必要がない

例1 **息子の怪我については、今のところご心配には及びません。**

我兒子的傷勢目前暫時穩定下來了，請大家不用擔心。

聽說你兒子受傷了，現在情況如何呢？

「には及ばない」前接心理活動相關的詞「擔心」，表示「我兒子的傷勢目前暫時穩定下來了」，沒有必要「擔心」。

2 彼は口だけだから、恐れるには及ばない。

他只會耍嘴皮子而已，沒什麼好怕的。

3 N1に合格したとは言っても、やはりまだネイティブには及ばない。

雖說已經通過日檢 N1 級測驗了，畢竟還是無法像本國人那樣道地。

4 いくら寒いといっても、北海道の寒さには及ばない。

不管天氣再怎麼冷，都不及北海道的凍寒。

5 機能的には、やはり最新のパソコンには及ばない。

就機能上而言，還是比不上最新型的電腦。

grammar 117

にひきかえ～は

與…相反、和…比起來、相較起…、反而…

類義文法
にたいして
與…相反、而…

接續方法▶ {名詞 (な)；形容動詞詞幹な；[形容詞・動詞] 普通形} ＋
(の) にひきかえ

【對比】比較兩個相反或差異性很大的事物。含有說話人個人主觀的看法。書面用語。跟站在客觀的立場，冷靜地將前後兩個對比的事物進行比較「に対して」比起來，「にひきかえ」是站在主觀的立場。

意思 ～とは逆に

類語 ～とは反対に／～とは逆に／～とは打って変わって

例1 彼の動揺振りにひきかえ、彼女は冷静そのものだ。

和慌張的他比起來，她就相當冷靜。

花子！妳千萬不要丟下我一個人不管喔！知…知道沒？哇～！

說話人用「にひきかえ」(和…比起來) 主觀性地比較「陷入混亂的他」跟「她就相當冷靜」這兩個相反的事物。

2 男子の草食化にひきかえ、女子は肉食化しているようだ。

相較於男性的草食化，女性似乎有愈來愈肉食化的趨勢。

3 金持ちには倹約家が多いのにひきかえ、貧乏人はお金があるとすぐ使ってしまう。

有錢人多半都很節儉，相較之下，窮人一拿到錢就馬上花光了。

4 兄が無口なのにひきかえ、弟はおしゃべりだ。

相較於哥哥的沈默寡言，弟弟可真多話呀！

5 姉はよく食べるのにひきかえ、妹は食が細い。

姐姐的食量很大，相反地，妹妹的食量卻很小。

grammar 118

によらず

不論…、不分…、不按照…

接續方法 ▶ {名詞}＋によらず

【無關】表示該人事物和前項沒有關聯、不對應，不受前項限制，或是「在任何情況下」之意。

意思 ～に関係なく

類語 ～にかかわらず

例1 彼女は見かけによらず、力持ちです。

她人不可貌相，力氣非常大。

她的小腿比我的手臂還細，沒想到能搬這麼重的東西！

「によらず」表示不依靠前項，或是前項和後項沒什麼關係。

---

2 この病気は、年齢や性別によらず、誰にでも起こり得ます。

這種病不分年齡和性別，誰都有可能罹患。

3 これまでのしきたりによらず、新しいやり方を試してみましょう。

不要依照以往的慣例常規，讓我們採用新的做法吧！

4 武力によらず、話し合いで解決すべきだ。

不要動用武力，而應該透過會談來解決。

5 当店の商品は、機械によらず全て手作りしています。

本店的商品不是機器生產的，全部都是手工打造的。

grammar
119

にもまして

1. 更加地…、加倍的…、比…更…、比…勝過…；2. 最…、第一

類義文法
きわまりない
極其…、非常…

1【強調程度】{名詞}＋にもまして。表示兩個事物相比較。比起前項，後項更為嚴重，更勝一籌，前面常接時間、時間副詞或是「それ」等詞，後接比前項程度更高的內容，如例 (1) ～ (3)。

2【最上級】{疑問詞}＋にもまして。表示「比起其他任何東西，都是程度最高的、最好的、第一的」之意，如例 (4)、(5)。

意思 ～よりも、更に／～以上に

類語 ～よりも／～よりずっと／～以上に

例1 **高校３年生になってから、彼は以前にもまして真面目に勉強している。**

上了高三，他比以往更加用功。

為了考上東大，隔壁的阿剛很拼。

「にもまして」（加倍的）表示本來就很用功的阿剛，因為要考東大，所以「真面目」（用功）的程度是「以前にもまして」（比以往更勝一籌）的意思。

---

2 仕事は大変だが、それにもまして大変なのは上司のご機嫌取りだ。

工作雖然辛苦，但是更辛苦的是得拍主管的馬屁。

3 開発部門には、従来にもまして優秀な人材を投入していく所存です。

開發部門打算招攬比以往更優秀的人才。

4 君は誰にもまして美しい。

妳比任何人都要美麗。

5 私には何にもまして子供が大切です。

對我來說，沒有什麼是比孩子更重要的。

のいたり（だ）

1. 真是…到了極點、真是…、極其…、無比…；2. 都怪…、因為…

類義文法

のきわみ（だ）
真是…極了

接續方法 ▶ {名詞}＋の至り（だ）

1 **【強調感情】**前接「光栄、感激」等特定的名詞，表示一種強烈的情感，達到最高的狀態，多用在講客套話的時候，通常用在好的一面，如例（1）～（3）。

2 **【原因】**表示由於前項的某種原因，而造成後項的結果。如例（4）、（5）。

意思 非常に～だ

類語 この上なく

例1 **こんな賞をいただけるとは、光栄の至りです。**

能得到這樣的大獎，真是光榮之至。

山田先生得到日本的芥川文學獎，感到非常光榮。

「の至り」（真是…到了極點）表示感到「光栄」的程度，已經達到最高點的意思。常用來當正式場合的致詞。

---

2 **皆様には熱烈なご支持をいただき、感謝感激の至りです。**

承蒙諸位的熱烈支持，委實不勝感激。

3 **創刊 50 周年を迎えることができ、慶賀の至りです。**

能夠迎接創刊五十週年，真是值得慶祝。

4 **このような事態になったのは、すべて私どもの不明の至りです。**

事態演變到這種地步，一切都怪我們的督導不周。

5 **若気の至りとて許されるものではない。**

雖說是血氣方剛，但也不能因為這樣就饒了他。

のきわみ（だ）

真是…極了、十分地…、極其…

類義文法

をかぎりに
以…為最大限度

接續方法 ▶ {名詞} ＋の極み（だ）

【極限】形容事物達到了極高的程度。強調這程度已經超越一般，到達頂點了。大多用來表達說話人激動時的那種心情。前面可接正面或負面、或是感情以外的詞。前接情緒的詞表示感情激動，接名詞則表示程度極致。「感激の極み」（感激萬分）、「痛恨の極み」（極為遺憾）是常用的形式。

意思 ～非常に～だ

類語 ～のかぎり／この上なく

例1 大の大人がこんなこともできないなんて、無能の極みだ。

堂堂的一個大人連這種事都做不好，真是太沒用了。

只不過叫你上台講幾句話，連這點事都辦不好，真是的！

用「の極みだ」（太…了）表示，堂堂一個大人，卻連這點小事也辦不好，實在是「無能」（沒用）透頂了！

---

2 連日の残業で、疲労の極みに達している。

連日來的加班已經疲憊不堪了。

---

3 そこまでよくしてくださって、感激の極みです。

您如此為我設想周到，真是令我感激萬分。

---

4 国の借金をこんなに増やすなんて、今の政府は無責任の極みだ。

國家的舉債居然增加了這麼多，現在的政府簡直不負責任到了極點！

---

5 あのホテルは贅の極みを尽くしている。

那家飯店實在是奢華到了極點。

はいうにおよばず、
はいうまでもなく

不用說…（連）也、不必說…就連…

類義文法
はおろか 不用說…、就連…

接續方法▶{名詞}＋は言うに及ばず、は言うまでもなく；{[名詞・形容動詞詞幹]な；
[形容詞・動詞]普通形}＋は言うに及ばず、のは言うまでもなく

【不必要】表示前項很明顯沒有說明的必要，後項強調較極端的事例當然就
也不例外。是一種遞進、累加的表現，正、反面評價皆可使用。常和「も、
さえも、まで」等相呼應。古語是「は言わずもがな」。

意思 〜はもちろん、〜更に〜も

類語 〜言うまでもなく

例1 **年始は言うに及ばず、年末もお休みです。**

元旦時節自不在話下，歲末當然也都有休假。

休息是為了走更遠的路，過年過節公司當然都會放假的。

「は言うに及ばず」跟後面的「も」相呼應，表示前項的「元旦時節」很明顯沒有說明的必要，後項較極端的事例「歲末」也不例外都有休假。

---

2 社長は言うに及ばず、重役も皆、金もうけのことしか考えていない。

總經理就不用說了，包括所有的董事，腦子裡也只想著賺錢這一件事。

**3 有名なレストランは言うに及ばず、地元の人しか知らない穴場
もご紹介します。**

不只是著名的餐廳，也將介紹只有當地人才知道的私房景點。

**4 栄養バランスは言うまでもなく、カロリーもしっかり計算して
あります。**

別說是營養均衡了，就連熱量也經過精細的計算。

**5 男性は言うまでもなく、女性にも人気のある、まさに国民的ア
イドルです。**

男性就不用說了，甚至廣受女性的歡迎，真不愧是國民偶像！

はおろか

不用説…、就連…

接續方法▶ {名詞}＋はおろか

1【附加】後面多接否定詞。意思是別説程度較高的前項了，就連程度低的後項都沒有達到。表示前項的一般情況沒有説明的必要，以此來強調後項較極端的事例也不例外。

2〔はおろか～も 等〕後項常用「も、さえ、すら、まで」等強調助詞。含有説話人吃驚、不滿的情緒，是一種負面評價。不能用來指使對方做某事，所以不接命令、禁止、要求、勧誘等句子。

意思 ～はもちろん～も～

類語 ～は言うまでもなく／～はもちろん

例1 **退院はおろか、意識も戻っていない。**

別説是出院了，就連意識都還沒有清醒過來。

田中遇到一場大車禍，不僅斷了一條腿，還昏迷不醒。

「はおろか」（別説）表示，前句先提出「退院」（出院）這較一般的情況，再強調後句較極端的事例「意識も戻っていない」（意識都還沒有清醒過來）。

---

2 戦争で、住む家はおろか家族までみんな失った。

在這場戰爭中，別説房子沒了，連全家人也統統喪命了。

3 後悔はおろか、反省もしていない。

別説是後悔了，就連反省都沒有。

4 生活が困窮し、学費はおろか、光熱費も払えない。

生活困苦，別説是學費，就連電費和瓦斯費都付不出來。

5 私は、海外はおろか、国内ですら大阪より東に行ったことがない。

我別説去國外，就連國內也不曾到過比大阪更東邊的地方。

124 ばこそ
就是因為…才…、正因為…才…

接續方法 ▶ {[名詞・形容動詞詞幹] であれ；[形容詞・動詞] 假定形} ＋ばこそ

1 【原因】強調原因。表示強調最根本的理由。正是這個原因，才有後項的結果。強調説話人以積極的態度説明理由。

2 〖ばこそ〜のだ〗句尾用「のだ」、「のです」時，有「加強因果關係的説明」的語氣。一般用在正面的評價。書面用語。

意思 〜からこそ

類語 〜からこそ

例1 **地道な努力があればこそ、成功できたのです。**

正因為有踏實的努力，才能成功。

太棒了！我們的產品被搶購一空了！

「ばこそ」(就是因為…) 表示，之所以能成功，是因為我們「一路上踏實的努力」這一主要因素，才能得到後項「達到目的」這一結果。

---

2 **子供がかわいければこそ、叱ったのだ。**

正因為疼愛孩子，才愈應該訓斥他。

3 **あなたのことを心配すればこそ、言っているんですよ。**

就是因為擔心你，所以才要訓你呀！

4 **健康であればこそ、働くことができる。**

就是因為有健康的身體，才能工作打拼。

5 **御社のご助力があればこそ、計画が成功したのです。**

正因為有貴公司的鼎力相助，計畫才能夠成功。

はさておき、はさておいて

暫且不説…、姑且不提…

接續方法 ▶ {名詞}＋はさておき、はさておいて

【除外】 表示現在先不考慮前項，排除前項，而優先談論後項。

意思 ～は一旦保留して／～は今は考えの外に置いて

類語 それはそれとして～

例1 仕事の話はさておいて、さあさあまず一杯。

別談那些公事了，來吧來吧，先乾一杯再説！

今晩就好好喝它兩杯，就把公事放一旁吧！

「はさておき」表示現在先不考慮前項的「公事」，而先做後項的動作「乾一杯」。

---

2 真偽のほどはさておき、これが報道されている内容です。

先不論是真是假，這就是媒體報導的內容。

3 勝ち負けはさておき、感動を与えてくれたアスリート達に拍手を。

先不論勝負成敗，請為這些帶給我們感動的運動員們鼓掌喝采！

4 僕のことはさておいて、お前の方こそ彼女と最近どうなんだ。

先不説我的事了，你呢？最近和女朋友過得如何？

5 結婚はさておき、とりあえず彼女が欲しいです。

結婚這件事就先擱到一旁，反正我就是想要交女朋友。

ばそれまでだ、たらそれまでだ

…就完了、…就到此結束

類義文法

だけだ
頂多只是…

接続方法 ▶ {動詞假定形} ＋ばそれまでだ、たらそれまでだ

1 【主張】表示一旦發生前項情況，那麼一切都只好到此結束，以往的努力或結果都是徒勞無功之意，如例 (1) ～ (3)。

2 〔強調〕前面多採用「も、ても」的形式，強調就算是如此，也無法彌補、徒勞無功的語意，如例 (4)、(5)。

意思 ～たら、それで全てが終わりだ

類語 ～したら、それで終わりだ

例1 トーナメント試合では、1回負ければそれまでだ。

淘汰賽只要輸一場就結束了。

只有一路贏上去，才能稱霸！

「ばそれまでだ」（…就到此結束）表示，「淘汰賽」只要「一回負ければ」（輸了一場），不管前面贏幾場，就完全沒有挽回的機會。含有想放棄、絕望的意思喔！

---

2 このことがマスコミに嗅ぎつけられたらそれまでだ。

萬一這件事被傳播媒體發現的話，一切就完了。

3 単なる不手際と言われればそれまでだ。

如果被講「你真是笨手笨腳」的話，那就沒戲唱了。

4 立派な家も火事が起これはそれまでだ。

不管多棒的房子，只要發生火災也就全毀了。

5 人間、どれだけお金があっても、死んでしまえばそれまでだ。

人不管擁有再多錢，一旦死掉也就用不到了。

はどう（で）あれ

不管…、不論…

類義文法
はいざしらず
姑且不論…

接續方法 ▶ {名詞}＋はどう（で）あれ

【讓步】表示前項不會對後項的狀態、行動造成什麼影響。是逆接的表現。

意思 〜でも／〜であっても

例1 **本音_{ほんね}はどうであれ、表向_{おもてむ}きはこう言_いうしかない。**

不管真心話為何，對外都只能這樣説。

為了公司的利益考量，即便對客戶的無理要求有諸多不滿，但還是只能壓抑自己的真實感情，用場面話來解決。

「はどう（で）あれ」用來表示前項如何都無所謂。

2 結果_{けっか}はどうであれ、自分_{じぶん}で決_きめたことなので後悔_{こうかい}はしていない。

不管結果如何，畢竟是自己決定的事，所以不會後悔。

3 成績_{せいせき}はどうであれ、単位_{たんい}さえもらえればいい。

不管成績如何，只要能拿到學分就行。

4 理由_{りゆう}はどうであれ、法_{ほう}を犯_{おか}したことに変_かわりありません。

不管理由為何，觸法這點都是不變的。

5 事情_{じじょう}はどうあれ、そんなことをしたのはよくなかった。

不管有什麼樣的苦衷，做了那種事就是不對。

ひとり～だけで (は) なく

不只是…、不單是…、不僅僅…

類義文法
ひとり～のみならず～ (も)
不單是…、不僅僅…

接續方法 ▶ ひとり＋{名詞}＋だけで (は) なく

【附加】表示不只是前項，涉及的範圍更擴大到後項。後項內容是說話人所偏重、重視的。一般用在比較嚴肅的話題上。書面用語。口語用「ただ～だけでなく～」。

意思 ～単にそれだけでなく

類語 ～だけではなく／～のみならず

例1 **少子化はひとり女性だけの問題ではなく、社会全体の問題だ。**

少子化不單是女性的問題，也是全體社會的問題。

出生率年年下降耶！老婆啊！我們就多生幾個吧！

「ひとり～だけでなく」表示，出生率下降這個現象，不只是「女性的問題」(前項)，涉及的範圍更擴大到「社會全體」(後項)。例如單身主義、不想有孩子…等。

2 喫煙は、ひとり本人だけでなく、周囲の人にも健康被害をもたらす。

抽菸不單對本人有害，也會危害身邊人們的健康。

3 石油の値上がりは、ひとり中東だけの問題でなく世界的な問題だ。

油價上漲不只是中東國家的問題，也是全球性的課題。

4 このことはひとり日本だけでなく、地球規模の重大な問題である。

這件事不僅和日本有關，也是全球性的重大問題。

5 ひとり彼だけでなく、そのように感じている人は多い。

不單是他一個人而已，同樣有那種感覺的人很多。

ひとり～のみならず～（も）

不單是…、不僅是…、不僅僅…

類義文法
だけでなく～も
不僅…而且…

接續方法 ▶ ひとり＋{名詞}＋のみならず（も）

【附加】比「ひとり～だけでなく」更文言的說法。表示不只是前項，涉及的範圍更擴大到後項。後項內容是說話人所偏重、重視的。一般用在比較嚴肅的話題上。書面用語。口語用「ただ～だけでなく～」。

意思 ひとり～だけでなく

類語 ～のみならず

例1 明日のマラソン大会は、ひとりプロの選手のみならず、アマチュア選手も参加可能だ。

明天的馬拉松大賽，不僅是職業選手，就連業餘選手也都可以參加。

為了市民的健康，政府特地提供豐富的獎金，舉辦馬拉松大賽。有規定參加資格嗎？

「ひとり～のみならず」（不單是…）表示，不管是「プロの選手」（職業選手），資格更擴大到「アマチュア」（業餘選手），都可以參加比賽。

---

2 今回の事件は、ひとり加害者のみならず、社会全体に責任がある。

這起事件，不單加害人要負責，包括整個社會都必須共同承擔責任。

3 彼の演技は、ひとりファンのみならず、審査員まで魅了した。

他的演技，不僅影迷，連評審也為之傾倒。

4 彼はひとり問屋のみならず、市場関係者も知っている。

他不只認識批發商，也認識了市場相關人物。

5 彼は、ひとり警察のみならず、検察や裁判官にまで人脈がある。

他的人脈不僅僅在警界，甚至遍及法界的檢察官和法官。

べからず、べからざる

不得…（的）、禁止…（的）、勿…（的）、莫…（的）

接續方法 ▶ ｛動詞辭書形｝＋べからず、べからざる＋｛名詞｝

1【禁止】「べし」否定形。表示禁止、命令。是較強硬的禁止説法，文言文式説法，故常有前接古文動詞的情形，多半出現在告示牌、公佈欄、演講標題上。現在很少見。禁止的內容就社會認知來看不被允許。口語説「てはいけない」。「べからず」只放在句尾，或放在括號（「」）內，做為標語或轉述內容，如例 (1)、(2)。

2〖べからざるN〗「べからざる」後面則接名詞，這個名詞是指不允許做前面行為、事態的對象，如例 (3)、(4)。

3〖諺語〗用於諺語，如例 (5)。

4〖前接古語動詞〗由於「べからず」與「べく」、「べし」一樣為古語表現，因此前面常接古語的動詞，如例 (1) 的「忘る」等，便和現代日語中的有些不同。前面若接サ行變格動詞，可用「すべからず／べからざる」、「するべからず／べからざる」，但較常使用「すべからず／べからざる」（「す」為古日語「する」的辭書形）。

意思 ～べきではない（の）　　類語 ～てはいけない（の）／～ることを禁ずる（の）

例1 入社式で社長が「初心忘るべからず」と題するスピーチをした。

社長在公司的迎新會上，發表了一段以「莫忘初衷」為主題的演講。

社長今天為了勉勵新進員工，特地講了一段自己白手起家的經歷。就是要提醒大家不忘初衷。

「べからず」（不得…）表示不可「初心忘る」（忘記初衷）。也就是當初創立公司時的那股熱誠。

2 「花を採るべからず」と書いてあるが、実も採ってはいけない。

雖然上面寫的是「禁止摘花」，但是包括果實也不可以摘。

3 経営者として欠くべからざる要素はなんであろうか。

什麼是做為一個經營者不可欠缺的要素呢？

4 幼い我が子を殺すとは、許すべからざる行為だ。

居然殺死我那幼小的孩子，這種行為絕對不能饒恕！

5 昔は、「男子厨房に入るべからず」と言った。

有句老話是「君子遠庖廚」。

べく

為了…而…、想要…、打算…

接續方法▶ {動詞辭書形}＋べく

1 【目的】表示意志、目的。是「べし」的ます形。表示帶著某種目的，來做後項。語氣中帶有這樣做是理所當然、天經地義之意。雖然是較生硬的說法，但現代日語有使用。後項不接委託、命令、要求的句子。

2 〖サ変動詞すべく〗前面若接サ行變格動詞，可用「すべく」、「するべく」，但較常使用「すべく」（「す」為古日語「する」的辭書形）。

意思 〜するために
類語 〜するために／〜うと思って／するつもりで

例1 消費者の需要に対応すべく、生産量を増加することを決定した。

為了因應消費者的需求，而決定增加生產量。

> 這個月的商品，才上市就大受歡迎，訂量節節高升。

> 「べく」（為了…而…）表示，為了回應消費者的需求（目的），廠商理所當然就要增加生產量（後項回應的動作）。

---

2 借金を返すべく、共働きをしている。

夫婦兩人為了還債都出外工作。

3 相手の勢力に対抗すべく、人員を総動員した。

為了跟對方的勢力抗衡，而出動了所有人員。

4 家族に食べさせるべく、嫌な仕事でも続けている。

為了維持一家人的生計，就算是討厭的工作也必須做下去。

5 これは天災ではなく、起こるべくして起きた人災だ。

這不是天災，而是不該發生卻發生了的人禍。

132 べくもない

無法…、無從…、不可能…

類義文法

はずがない
不可能…

接續方法 ▶ {動詞辭書形} ＋べくもない

1【否定】表示希望的事情，由於差距太大了，當然是不可能發生的意思。也因此，一般只接在跟說話人希望有關的動詞後面，如「望む、知る」。是比較生硬的表現方法。

2〖サ変動詞すべくもない〗前面若接サ行變格動詞，可用「すべくもない」、「するべくもない」，但較常使用「すべくもない」（「す」為古日語「する」的辭書形）。

意思 〜当然ながら〜できない／〜することは、とてもできない

類語 〜わけがない

例1 都心に一戸建てなど持てるべくもない。

別妄想在市中心擁有獨棟樓房了。

「べくもない」表示希望的事情「買房子」，由於跟「在土地價格昂貴的市中心裡」這一現實的差距太大了，當然是不可能發生的意思。

最近想買房子，但房價越來越貴，老婆跟小孩想要獨棟樓房，可是在市中心根本就買不起。

---

2 そのときは、まさか自分がそんな病気だとは知るべくもなかった。

那時候，連想都沒有想過自己居然生了那種病。

3 ふられた。イケメンの医者が相手では、勝つべくもなかった。

我被甩了。情敵是型男醫師，根本沒有勝算。

4 人間のやることだから、完璧は求めるべくもない。

既然是人做的事，就不該追求完美。

5 まさか妻の命が風前の灯だとは、知るべくもなかった。

我壓根不知道妻子的性命竟然已是風中殘燭了。

べし

應該…、必須…、值得…

接續方法▶｛動詞辭書形｝＋べし

1【當然】是一種義務、當然的表現方式。表示說話人從道理上、公共理念上、常識上考慮，覺得那樣做是應該的，理所當然的，如例(1)～(3)。用在說話人對一般的事情發表意見的時候，含有命令、勸誘的語意，只放在句尾。是種文言的表達方式。

2〔サ変動詞すべし〕前面若接サ行變格動詞，可用「すべし」、「するべし」，但較常使用「すべし」（「す」為古日語「する」的辭書形），如例(4)。

3〔格言〕用於格言，如例(5)。

意思 ～「べきだ」の書面語

類語 ～するべきだ／～しなさい

例1 **親たる者、子供の弁当ぐらい自分でつくるべし。**

親自為孩子做便當是父母責無旁貸的義務。

小孩透過父母親手作便當等動作，可以感受到父母的關懷喔！

「べし」表示說話人提出自己的意見，認為從道理上考慮「父母為孩子做便當」是理所當然的。

2 明日は朝早いから、今日はもう寝るべし。

明天要早起，所以現在該睡了。

3 外国語は、文字ばかりでなく耳と口で覚えるべし。

外文不單要學文字，也應該透過耳朵和嘴巴來學習。

4 1年間でコストを10%削減すべしとの指示があった。

上面有指令下來要我們在一年內將年成本壓低百分之十。

5 後生おそるべし。

後生可畏。

まぎわに（は）、まぎわの

迫近…、…在即

類義文法

にさいして
在…之際

接続方法 ▶ {動詞辞書形}＋間際に（は）、間際の＋{名詞}

1【時點】表示事物臨近某狀態，或正當要做什麼的時候，如例 (1) 〜 (3)。

2〔間際の N〕後接名詞，用「間際の＋名詞」的形式，如例 (4)、(5)。

意思 〜する直前に／〜する寸前に

類語 〜直前に／〜寸前の

例1 後ろに問題が続いていることに気づかず、試験終了間際に気づいて慌ててしまいました。

> 沒有發現考卷背後還有題目，直到接近考試時間即將截止時才赫然察覺，頓時驚慌失措了。

> 糟了！我太粗心，沒看到後面還有題目！慌〜！

> 「間際に」表示事物臨近「考試時間即將結束」這一狀態，後接那一狀態發生的事「赫然察覺，一時驚慌失措」。

---

2 家を出る間際に電話がかかってきて、電車に乗り遅れた。

> 臨出門前接了一通電話，結果來不及搭電車了。

3 寝る間際には、あまり食べない方がいいですよ。

> 睡前不要吃太多比較好喔！

4 試合終了間際の逆転勝利に、観客は大いに盛り上がった。

> 在比賽即將結束的時刻突然逆轉勝利，觀眾們全都陷入了激動瘋狂的情緒。

5 火事が起きたのは、勤務時間終了間際のことでした。

> 那場火災就發生在即將下班的時刻。

grammar 135　まじ、まじき

不該有（的）…、不該出現（的）…

1 【指責】{動詞辭書形}＋まじき＋{名詞}。前接指責的對象，多為職業或地位的名詞，指責話題中人物的行為，不符其身份、資格或立場，後面常接「行為、発言、態度、こと」等名詞，而「する」也有「すまじ」的形式。多數時，會用[名詞に；名詞として]＋あるまじき。如例 (1)～(3)。

2 〔動詞辭書形まじ〕{動詞辭書形}＋まじ。為古日語的助動詞，只放在句尾，是一種較為生硬的書面用語，較不常使用，如例 (4)、(5)。

意思 〜てはならない／〜べきではない

類語 〜にあってはならない／〜としてあってはならない／〜てはならない

例1 それは父親として許すまじきふるまいだ。

那是身為一個父親不該有的言行。

隔壁的那個人又犯酒癮了，當他小孩也真可憐，每天有一餐沒一餐的。

這裡用「まじき」（不該有的…）後接「ふるまい」（言行），表示飲酒過度的不當行為，和身為人父的身分不相稱的。

2 嘘の実験結果を公表するとは、科学者としてはあるまじきことだ。

竟然發表虛假的實驗報告，真是作為一個科學家不該有的行為。

3 新法案は、民主国家にあるまじき言論統制だ。

那項新法案是關於不該出現在民主國家的限制言論自由。

4 卑劣なテロリストを許すまじ。

那些卑鄙的恐怖份子絕對不可原諒！

5 あの災害を忘るまじ。

那場災害絕對不容遺忘。

まf136 までだ、までのことだ

1.大不了…而已、只是…、只好…、也就是…；2.純粹是…

類義文法
ことだ
就得…、就該…

接續方法▶ {動詞辭書形；動詞た形；それ；これ}＋までだ、までのことだ

1 **【主張】** 接動詞辭書形時，表示現在的方法即使不行，也不沮喪，再採取別的方法。有時含有只有這樣做了，這是最後的手段的意思。表示講話人的決心、心理準備等，如例 (1) ～ (3)。

2 **【理由】** 接動詞た形時，強調理由、原因只有這個。表示理由限定的範圍。表示説話者單純的行為。含有「説話人所做的事，只是前項那點理由，沒有特別用意」，如例 (4)、(5)。

意思 ただ～だけだ／～すれば済むことだ
類語 ～だけだ／～に過ぎない

例1 **議論が平行線をたどるなら、事態を打開するために、何らかの措置をとるまでだ。**

爭論如果始終僵持不下，為了要解決現狀，就必須採取某種措施才行。

為了分公司地點是否設在青山，雙方各持己見，但這樣下去也不是辦法，必須想其他辦法才行。

這裡用「までだ」(大不了…)表示，要解決這樣的僵局，那就大不了再「採取其他措施」之意。

2 **壊されても壊されても、また作るまでのことです。**

就算一而再、再而三的壞掉，只要重新做一個就好了。

3 **和解できないなら訴訟を起こすまでだ。**

如果沒辦法和解，大不了就告上法院啊！

4 **何が悪いんだ。本当のことを言ったまでじゃないか。**

難道我説錯了嗎？我只不過是説出事實而已啊！

5 **大したことではなく、ただ自分の責務を果たしたまでのことです。**

這沒什麼大不了的，只不過是盡了自己的本分而已。

まで（のこと）もない
用不著…、不必…、不必說…

類義文法
ことはない
用不著…

接續方法 ▶ {動詞辭書形}＋まで（のこと）もない

【**不必要**】前接動作，表示沒必要做到前項那種程度。含有事情已經很清楚了，再說或做也沒有意義，前面常和表示說話的「言う、話す、説明する、教える」等詞共用。

意思 ～なくてもいい／～必要がない

類語 ～する必要がない／～しなくてもいい

例1 子供じゃあるまいし、一々教えるまでもない。

你又不是小孩子，我沒必要一個個教的。

房間怎麼又弄亂了！不是跟你說要物歸原處嗎？還有髒衣服我說過要放到洗衣籃！…奇怪？你又不是小孩子了，為什麼還要我一個一個講啊！

「までもない」（沒必要…）。表示事情已經很清楚了，這誰都懂了，沒必要做到前項「一々教える」（一個個的教）的程度。

---

2 そのくらい、いちいち上に報告するまでのこともない。

那種小事，根本用不著向上級逐一報告。

3 見れば分かるから、わざわざ説明するまでもない。

只要看了就知道，所以用不著一一説明。

4 さまざまな要因が背後に隠れていることは言うまでもない。

不用説這背後必隱藏了許多重要的因素。

5 改めてご紹介するまでもありませんが、物理学者の湯川振一郎先生です。

這一位是物理學家湯川振一郎教授，我想應該不需要鄭重介紹了。

まみれ

沽滿…、滿是…

接續方法 ▶ {名詞}＋まみれ

1 【樣態】表示物體表面沾滿了令人不快或骯髒的東西，非常骯髒的樣子，前常接「泥、汗、ほこり」等詞，表示在物體的表面上，沾滿了令人不快、雜亂、負面的事物，如例 (1)～(3)。

2 〔困擾〕表示處在叫人很困擾的狀況，如「借金」等令人困擾、不悅的事情，如例 (4)、(5)。

意思 〜が付着して汚れている状態

類語 〜がいっぱい／〜だらけ

例1 サッカーの試合中、雨が降り出し、泥まみれになった。

足球比賽時下起雨來，場地成了一片泥濘。

今天是小茂的足球比賽，小茂，加油！…咦？怎麼突然下起雨來了，地上都成泥地了啦！

「まみれ」（滿是…）前接「泥」表示足球比賽的場地因下雨的關係而滿地泥濘。

---

2 これさえあれば、油まみれの換気扇もお掃除ラクラク。

只要有這個，就算是沾滿油垢的通風扇也可以輕輕鬆鬆煥然一新！

3 物音がしたので行ってみると、人が血まみれで倒れていた。

當時聽到了聲響過去一看，有個人倒臥在血泊之中。

4 好きなものを好きなだけ買って、彼は借金まみれになった。

他總是想買什麼就買什麼，最後欠了一屁股的債。

5 明らかに嘘まみれの弁解にみんな辟易した。

大家對他擺明就是一派胡言的詭辯感到真是服了。

めく

像…的樣子、有…的意味、有…的傾向

げ

好像…的樣子

接續方法▶{名詞}＋めく

1 **【傾向】**「めく」是接尾詞，接在詞語後面，表示具有該詞語的要素，表現出某種樣子，如例 (1) ～ (3)。前接詞很有限，習慣上較常說「春めく」（有春意）、「秋めく」（有秋意）。但「夏めく」、「冬めく」就較少使用。

2 **〔めいた〕**五段活用後接名詞時，用「めいた」的形式連接，如例 (4)、(5)。

意思 ～の感じや雰囲気に満ちている

類語 ～らしい／～のように見える

例1 あの人はどこか謎めいている。

總覺得那個人神秘兮兮的。

班上來了位新同學，不管我們問什麼話，她都不回應，而且一下課就馬上不見人影，不知道都去了哪裡，好神祕啊！

「めく」（像…的樣子）前接「謎」，表示那個人讓人覺得神祕兮兮的。

---

2 3月になり、日差しも春めいてきた。

進入三月，陽光也變得和煦如春了。

3 群集がざわめく中、首相は演説を始めた。

在人群吵雜之中，首相開始了他的演講。

4 声を荒げ、脅かしめいた言い方で詰め寄ってきた。

他發出粗暴聲音，且用一副威脅人的語氣向我逼近。

5 若い者を見ると、ついお説教めいたことを言ってしまう。

一看見年輕人，就忍不住訓起話來了。

もさることながら〜も

不用說…、…（不）更是…

類義文法

はさておき
暫且不說…

grammar 140

接續方法▶ {名詞} ＋もさることながら

【附加】前接基本的內容，後接強調的內容。含有雖然不能忽視前項，但是後項比之更進一步、更重要。一般用在積極的、正面的評價。跟直接、斷定的「よりも」相比，「もさることながら」比較間接、婉轉。

意思 〜ももちろんだが、それだけでなく／〜も無視できないが、〜も〜

類語 Aよりも、むしろBのほうが〜（ないでしょうか）

例1 **技術もさることながら、体力と気力も要求される。**

技術層面不用說，更是需要體力和精力的。

你會衝浪啊！？哇！好厲害喔！衝浪需要很好的技術吧！

「〜もさることながら」（不用說…，更是…）表示，基本的「技術」（技術）就不用說了，還更強調後項的「需要體力和精力」這一內容！

---

2 採用試験では、筆記試験もさることながら、面接が重視される。

關於錄用考試，筆試固然不可輕忽，面試也很重要。

3 味のよさもさることながら、盛り付けの美しさもさすがだ。

美味自不待言，充滿美感的擺盤更是令人折服。

4 成果そのものもさることながら、その過程で何を学んだかが重要だ。

成果本身固然要緊，從那個過程中學到什麼，更是重要。

5 勝敗もさることながら、スポーツマンシップこそ大切だ。

不僅要追求勝利，最重要的是具備運動家的精神。

もなんでもない、 もなんともない

也不是…什麼的、也沒有…什麼的、根本不…

類義文法

をものともせず（に）

不當…一回事

接續方法▶{名詞；形容動詞詞幹}＋でもなんでもない；{形容詞く形}＋もなんともない

【否定】用來強烈否定前項。含有批判、不滿的語氣。

例1 別に、あなたのことなんて好きでもなんでもない。

沒有啊，我也沒有喜歡你還是什麼的。

> 「ツンデレ」（傲嬌）的人愛面子，明明就喜歡人家，還要說這種反話。

> 「もなんでもない」用來強烈否定前項。

---

2 もうお前なんか友達でもなんでもない。絶交だ。

你這種人根本算不上是朋友！我要和你絕交！

3 高い買い物だが、利益に繋がるものなので惜しくもなんともない。

雖然是高額消費，但和利益相關，所以也不會覺得可惜還是什麼的。

4 見た目はひどい傷なんですが、不思議なことに痛くもなんともないんです。

看起來雖然傷得很重，但神奇的是，也不會覺得痛還是什麼的。

5 それは科学的に説明できる。不思議でもなんでもない。

那種現象有科學上的解釋，不是什麼不可思議的事情。

（〜ば／ても）〜ものを

1. 可是…、卻…、然而卻…；2.…的話就好了，可是卻…

類義文法

くせに

雖然…，卻…

接續方法▶{名詞である；形容動詞詞幹な；[形容詞・動詞] 普通形}＋ものを

1 **【讓步】**逆接表現。表示説話者以悔恨、不滿、責備的心情，來説明前項的事態沒有按照期待的方向發展。跟「のに」的用法相似，但説法比較古老。常用「ば（いい、よかった）ものを、ても（いい、よかった）ものを」的表現，如例 (1) ～ (3)。

2 **【指責】**「ものを」也可放句尾（終助詞用法），用「すればいいものを」的形式，表示因為沒有做前項，所以產生了不好的結果，為此心裡感到不服氣、感嘆的意思，如例 (4)、(5)。

意思 〜のに（不満、非難の気持ちで）

類語 〜のに

例1 先にやっておけばよかったものを、やらないから土壇場になって慌てることになる。

先把它做好就沒事了，可是你不做才現在事到臨頭慌慌張張的。

糟了！明天我女朋友要來，我家像垃圾屋…！完啦！我女友有潔癖！

「ものを」（卻…）表示，前項的沒有按照預期的「先把它做好」，才導致不良的結果。

---

2 一言謝ればいいものを、いつまでも意地を張っている。

説一聲抱歉就沒事了，你卻只是在那裡鬧彆扭。

3 正直に言えばよかったものを、隠すからこういう結果になる。

老實講就沒事了，你卻要隱瞞才會落到這種下場。

4 もっと早く医者に行けばよかったものを。

早點去看醫生就好了，偏要拖那麼久！

5 お腹の調子が悪いなら、無理して食べなければいいものを。

既然肚子不舒服，為何又偏偏要勉強吃下去！

や、やいなや

剛…就…、一…馬上就…

接續方法 ▶ {動詞辭書形} ＋や、や否や

【時間前後】表示前一個動作才剛做完，甚至還沒做完，就馬上引起後項的動作。兩動作時間相隔很短，幾乎同時發生。語含受前項的影響，而發生後項意外之事。多用在描寫現實事物。書面用語。前後動作主體可不同。

意思 ～と、すぐ(人の行為・現象)

類語 ～とすぐに、～なり、～か～ないかのうちに

例1 **合格者の番号が掲示板に貼られるや、黒山の人だかりができた。**

當公佈欄貼上及格者的號碼時，就立刻圍上大批的人群。

快！工作人員出來貼榜單了！

「や」（當…就…）表示，「公佈欄一貼上及格者的號碼」這一動作才剛做完，就馬上發生了後項的「立刻圍上大批人群」這一動作。

---

2 **財務長官が声明を発表するや、市場は大きく反発した。**

當財政部長發表聲明後，股市立刻大幅回升。

3 **似顔絵が公開されるや、犯人はすぐ逮捕された。**

一公開了肖像畫，犯人馬上就被逮捕了。

4 **茂は、家に帰るや、ランドセルを放り出して遊びに行った。**

阿茂一到家就把書包一扔，出門玩耍去了。

5 **発売されるや否や、大ブームを巻き起こした。**

才剛一發售，立刻掀起了搶購熱潮。

grammar 144

を～にひかえて

臨進…、靠近…、面臨…

類義文法

るところだ
正想…、正要…

1【即將】{名詞}＋を＋{時間；場所}＋に控えて。「に控えて」前接時間詞時，表示「を」前面的事情，時間上已經迫近了；前接場所時，表示空間上很靠近的意思，就好像背後有如山、海、高原那樣宏大的背景。

2〘Ｎがひかえて〙{名詞}＋が控えて。一般也有使用「が」的用法，如例(4)。

3〘をひかえたＮ〙を控えた＋{名詞}。也可以省略「{時間；場所}＋に」的部分。還有，後接名詞時用「を～に控えた＋名詞」的形式，如例(5)。

|意思| (空間的・時間的) に迫っている
|類語| ～を間近にして／～が～に近づいて

例1 結婚式を明日に控えているため、大忙しだった。

明天即將舉行結婚典禮，所以忙得團團轉。

明天就要結婚了！剛去會場確認婚宴流程啦、買小禮物啦，好忙啊！

「に控えて」前接時間詞「明日」時，表示「を」前面的事情「結婚典禮」，時間上已經很迫近了。後接進行的動作「忙得團團轉」。

2 会社の設立を目前に控えて、慌ただしい日が続いています。

距離公司成立已進入倒數階段，每天都異常繁忙。

3 妻は出産を来週に控えて、実家に帰りました。

妻子即將於下週生產，我已經讓她回到娘家了。

4 うちはすぐ後ろに山が控えているので、蚊だの何だのが多い。

由於我家後面就有一片山坡，因此蚊蟲之類的特別多。

5 高校受験を控えた子供に、夜食を作ってやった。

為了即將參加高中升學考試的孩子做了消夜。

をおいて、をおいて～ない

grammar 145

1. 除了…之外（沒有）；2. 以…為優先

類義文法

より（ほか）ない
除了…之外沒有…

接續方法 ▶ {名詞}＋をおいて、をおいて～ない

1 【限定】限定除了前項之外，沒有能替代的，這是唯一的，也就是在某範圍內，這是最積極的選項。多用於給予很高評價的場合，如例 (1)～(3)。

2 【優先】用「何をおいても」表示比任何事情都要優先，如例 (4)、(5)。

意思 ～以外に～ない

類語 ～しか～ない

例1 この難題に立ち向かえるのは、彼をおいていない。

能夠挺身面對這項難題的，捨他其誰！

對於這次所發生的問題，我想只有營業部的成田先生有能力解決這個問題了！

「をおいて～ない」（除了…之外）表示對營業部的成田先生能力給予高度的評價，除了他之外，沒有其他人選能解決這個問題了。

---

2 環境に優しい乗り物といったら、自転車をおいてほかにない。

要說不會造成環境汙染的交通工具，除了自行車就沒有別的了。

3 同僚で、英語ができる人といえば、鈴木さんをおいていない。

同事裡會講英語的人，除了鈴木小姐就沒有別人了。

4 せっかくここに来たなら、何をおいても博物館に行くべきだ。

好不容易來到了這裡，不管怎樣都要去博物館才是。

5 彼女の生活は、何をおいてもまず音楽だ。

她的生活不管怎樣，都以音樂為第一優先。

をかぎりに、かぎりで

從…起…、從…之後就不（沒）…、以…為分界

接続方法 ▶ {名詞} ＋を限りに、限りで

【限定】前接某時間點，表示在此之前一直持續的事，從此以後不再繼續下去。多含有從説話的時候開始算起，結束某行為之意。表示結束的詞常有「やめる、別れる、引退する」等。正、負面的評價皆可使用。

意思 ～を最後に
類語 ～を最後に～をやめる／～を機会に～をやめる

例1 あの日を限りに彼女から何の連絡もない。

自從那天起，她就音訊全無了。

花子四處找百合子，百合子怎麼啦？

「を限り」（以…為分界）前接某時間點「あの日」（那天），表示從那天起，她就音訊全無了。

2 今月を限りに事業から撤退することを決めた。

我決定事業做到這個月後就收起來。

3 私は今日を限りにタバコをやめる決意をした。

我決定了從今天開始戒菸。

4 悪い仲間との付き合いは、これを限りに終わりにする。

和壞朋友的往來，這是最後一次了。

5 私の好きなプロ野球選手が、今季を限りに引退すると発表した。

我所喜歡的棒球選手宣布了將於本球季結束後退休。

をかわきりに、をかわきりにして、をかわきりとして

以…為開端開始…、從…開始

類義文法
ていらい 自從…以來， 就一直…

接續方法 ▶ {名詞}＋を皮切りに、を皮切りにして、を皮切りとして

【起點】前接某個時間、地點等，表示以這為起點，開始了一連串同類型的動作。後項一般是繁榮飛躍、事業興隆等內容。

意思 ～を（一連の物事の）始めとして

類語 ～を出発点として～を始める

例1 沖縄を皮切りに、各地が梅雨入りしている。

從沖繩開始，各地陸續進入梅雨季。

今天早上看電視才知道已經到了梅雨季節啦，難怪最近老覺得濕濕黏黏的！

「をかわきりに」（從…開始）表示以沖繩這個地點開始，進行後面一連串的內容。

2 5日の花火大会を皮切りに、3日間の祭りの幕が開ける。

從五號的煙火晚會揭開序幕，開始了為期三天的慶典。

3 この事件を皮切りにして、各地で反乱が起こった。

以這起事件為引爆點，引發了各地的叛亂。

4 香港を皮切りとしてワールドツアーを行う。

將以香港為首站，展開世界巡迴演出。

5 この作品を皮切りとして、彼女は売れっ子作家になった。

以這部作品為開端，她一躍而成暢銷作家了。

grammar 148

をきんじえない

不禁…、禁不住就…、忍不住…

接續方法 ▶ {名詞} ＋を禁じえない

【強調感情】前接帶有情感意義的名詞，表示面對某種情景，心中自然而然產生的，難以抑制的心情。這感情是越抑制感情越不可收拾的。屬於書面用語，正、反面的情感都適用。口語中不用。

意思 〜という感情が自然に湧き上がる

類語 〜ずにはいられない

例1 デザインの素晴らしさと独創性に賞賛を禁じえない。

看到設計如此卓越又具獨創性，令人讚賞不已。

每次看到歐美的建築物，都令人嘆為觀止！

「を禁じえない」（不禁）前接「賞賛」（讚賞），表示對如此卓越的設計，心中不由自主地「讚賞不已」。

---

2 彼女の哀れな身の上に、涙を禁じ得なかった。

為她悲慘的身世而忍不住掉下了眼淚。

3 常識に欠ける発言に不快感を禁じえない。

那種缺乏常識的發言，真叫人感到不快。

4 あまりに突然の出来事に驚きを禁じえない。

事情發生得太突然了，令人不禁大吃一驚。

5 地震の被災者の話を聞いて、同情を禁じ得なかった。

聽到了地震受災戶的經歷，不由得深感同情。

grammar 149

をふまえて

根據…、以…為基礎

類義文法
をもとに
以…為根據、以…為參考

接続方法 ▶ {名詞} ＋を踏まえて

【依據】表示以前項為前提、依據或參考，進行後面的動作。後面的動作通常是「討論する」(辯論)、「話す」(說)、「検討する」(討論)、「抗議する」(抗議)、「論じる」(論述)、「議論する」(爭辯)等和表達有關的動詞。多用於正式場合，語氣生硬。

意思 ～を根拠・前提に

類語 ～に基づいて

例1 自分の経験を踏まえて話したいと思います。

我想根據自己的經驗來談談。

有機農業正夯～兩年前我辭掉了工程師的高薪工作，選擇回鄉下種田！想跟大家分享一下我的心路歷程。

「を踏まえて」表示以前項為依據或基礎來做後項的事情。

2 現実を踏まえて、法を改正すべきだ。

應當基於現實狀況來修訂法規。

3 この結果を踏まえて今後の対応を検討したいと思います。

我想依據這個結果來討論今後的對應措施。

4 学生たちの抗議行動は、法的な根拠を踏まえていない。

學生們的抗議行動並未逾越法源。

5 利用者の声を踏まえてサービスを改善する。

根據使用者的意見而改善服務品質。

をもって

1. 以此…、用以…；2. 至…為止

類義文法

をもってすれば
只要用…

接續方法 ▶ {名詞}＋をもって

1 **【手段】** 表示行為的手段、方法、材料、中介物、根據、仲介、原因等，用這個做某事之意，如例 (1) ～ (3)。

2 **【界線】** 表示限度或界線，接在「これ、以上、本日、今回」之後，用來宣布一直持續的事物，到那一期限結束了，常見於會議、演講等場合或正式的文件上，如例 (4)。

3 〖**禮貌－をもちまして**〗較禮貌的說法用「をもちまして」的形式，如例 (5)。

意思 で (手段／終点・限界)

類語 ～によって／～でもって／～を使って (も) ／で

例1 顧客からの苦情に誠意をもって対応する。

心懷誠意以回應顧客的抱怨。

> 服務業就是要全心全意為顧客著想，所以當顧客跟我們反應任何問題時，我們也要誠心誠意地為顧客服務！

> 「をもって」（以此…）表示要以「誠意」這方法來面對顧客的抱怨。

---

2 雪国の厳しさを、身をもって体験した。

親身體驗了雪國生活的嚴峻。

3 何をもってあのような結論に達したのだろうか。

到底是基於什麼而得到了那樣的結論呢？

4 以上をもって、わたくしの挨拶とさせていただきます。

以上是我個人的致詞。

5 これをもちまして、2014年株主総会を終了いたします。

到此，二〇一四年的股東大會圓滿結束。

をもってすれば、をもってしても

1. 只要用…；2. 即使以…也…

類義文法

からといって
即使…，也不能…

接續方法 ▶ {名詞}＋をもってすれば、をもってしても

1【手段】原本「をもって」表示行為的手段、工具或方法、原因和理由，亦或是限度和界限等意思。「をもってすれば」後為順接，從「行為的手段、工具或方法」衍生為「只要用…」的意思，如例 (1) ～ (3)。

2【讓步】「をもってしても」後為逆接，從「限度和界限」成為「即使以…也…」的意思，後接否定，強調使用的手段或人選。含有「這都沒辦法順利進行了，還能有什麼別的方法呢」之意，如例 (4)、(5)。

意思 〜を用いれば／〜を用いても

類語 〜を用いれば／〜を用いたとしても

例1 あの子の実力をもってすれば、全国制覇は間違いない。

他只要充分展現實力，必定能稱霸全國。

進入全國決賽了，再一步就冠軍了！加油啊！

「をもってすれば」表示只要有前項的「充分展現他的實力」，就能達到後項「必定會獲得優勝」這一正面積極的目的。

2 現代の科学をもってすれば、証明できないとも限らない。

只要運用現代科技，或許能夠加以證明。

3 国家権力をもってすれば、一般人の電話を盗聴するくらい簡単にできるだろう。

只要握有國家權力，竊聽一般民眾電話之類的小事，想必易如反掌吧。

4 この病気は、最新の医療技術をもってしても完治することはできない。

這種疾病，即使採用最新的醫療技術，仍舊無法醫治痊癒。

5 徹底的なコスト削減をもってしても、会社を立て直すことはできなかった。

就算徹底執行刪減成本，也沒有辦法讓公司重新站起來。

をものともせず（に）

不當…一回事、把…不放在眼裡、不顧…

類義文法
をよそに
不管…、無視…

接續方法 ▶ {名詞}＋をものともせず（に）

【無關】表示面對嚴峻的條件，仍然毫不畏懼，含有不畏懼前項的困難或傷痛，仍勇敢地做後項。後項大多接正面評價的句子。不用在說話者自己。跟含有譴責意味的「をよそに」比較，「をものともせず（に）」含有讚歎的意味。

意思 ～を恐れないで

類語 ～を恐れないで／～気にもとめないで

例1 病気をものともせず、前向きに生きている。

不在意身上的病痛，過著樂觀的人生。

田中獲知自己得到癌症，但是他還是很樂觀的面對人生。

ガン

用「をものともせずに」（不當…一回事）表示，他不畏懼前項「生病」這一痛苦，仍然積極地做後項「過著樂觀的人生」。

---

2 周囲の無理解をものともせずに、彼はひたすら研究に没頭した。

他不顧周遭的不理解，兀自埋首於研究。

3 周囲の反対をものともせず、二人は結婚した。

兩人不顧周圍的反對，結婚了。

4 不況をものともせず、ゲーム業界は成長を続けている。

電玩事業完全不受景氣低迷的影響，持續成長著。

5 スキャンダルの逆風をものともせず、当選した。

他完全不受醜聞影響當選了。

grammar 153

をよぎなくされる、をよぎなくさせる

只得…、只好…、沒辦法就只能…；迫使…

1【強制】{名詞}＋を余儀なくされる。「される」因為大自然或環境等，個人能力所不能及的強大力量，不得已被迫做後表示項。帶有沒有選擇的餘地、無可奈何、不滿，含有以「被影響者」為出發點的語感，如例 (1) ～ (3)。

2【強制】{名詞}＋を余儀なくさせる、を余儀なくさせられる。「させる」使役形是強制進行的語意，表示後項發生的事，是叫人不滿的事態。表示情況已經到了沒有選擇的餘地，必須那麼做的地步，含有以「影響者」為出發點的語感，如例 (4)、(5)。書面用語。

意思 ～するよりほかなくなる

類語 ～するしかなくなる／しかたなく～することになる／～やむをえず

例1 **機体に異常が発生したため、緊急着陸を余儀なくされた。**

因為飛機機身發生了異常，逼不得已只能緊急迫降了。

> 下午三點，飛往東京的班機因機身發生問題，而迫降在鹿兒島。

> 「を余儀なくされる」（只好…）表示，由於飛機機身發生了問題，這一重大的事故，迫不得已做了後項的「緊急降落」這一動作。

---

2 荒天のため欠航を余儀なくされた。

由於天候不佳，船班只得被迫停駛。

3 交通事故の後遺症により、車椅子生活を余儀なくされた。

因為車禍留下的後遺症，所以只能過著坐輪椅的生活。

4 父の突然の死は、彼に大学中退を余儀なくさせた。

父親驟逝的噩耗，使他不得不向大學辦理休學。

5 景気の低迷により、開発計画の見直しを余儀なくさせられた。

由於景氣低迷而不得不重新修改了開發計畫。

grammar 154

をよそに

不管…、無視…

接續方法 ▶ {名詞}＋をよそに

【無關】表示無視前面的狀況，進行後項的行為。意含把原本跟自己有關的事情，當作跟自己無關，多含責備的語氣。前多接負面的內容，後接無視前面的狀況的結果或行為。相當於「を無視にして」、「をひとごとのように」。

意思 ～を無視して

類語 ～を無視にして／～をひとごとのように

例1 周囲の喧騒をよそに、彼は自分の世界に浸っている。

他無視於周圍的喧嘩，沉溺在自己的世界裡。

隔壁又在大唱卡拉OK了！你看田中先生…。

用「をよそに」（無視…）表示，依常理推斷「周圍的喧嘩聲」，應該會影響到田中先生，但他好像沒有聽到一樣，仍「沉溺在自己的世界裡」。

2 地元の反発をよそに、移転計画は着々と実行されている。

無視於當地居民的反對，遷移計畫仍舊持續進行。

3 受験勉強に明け暮れる同級生をよそに、彼は毎日ゲームにふけっている。

他毫不在意同班同學從早到晚忙著準備升學考試，天天都沉溺在電玩遊戲之中。

4 期待に膨らむ家族や友人をよそに、彼はマイペースだった。

他沒把家人和朋友對他的期待放在心上，還是照著自己的步調過日子。

5 警察の追及をよそに、彼女は沈黙を保っている。

她無視於警察的追問，仍保持沉默。

んがため（に）、んがための

為了…而…（的）、因為要…所以…（的）

類義文法
ために
為了…、以…
為目的，做…

接續方法▶ {動詞否定形（去ない）}＋んがため（に）、んがための

【目的】表示目的。用在積極地為了實現目標的説法，「んがため（に）」前面是想達到的目標，後面常是雖不喜歡，不得不做的動作。含有無論如何都要實現某事，帶著積極的目的做某事的語意。書面用語，很少出現在對話中。要注意前接サ行變格動詞時為「せんがため」，接「来る」時為「来（こ）んがため」；用「んがための」時後面要接名詞。

意思 ～する目的を持って
類語 ～するために／～すにための

例1 浮気現場を押さえんがために、彼女を尾行した。

為了抓姦而跟蹤了她。

我老婆最近行蹤很可疑，是不是在外面有了男人？

用「んがために」（因為要…所以…）表示，説話者為了前面「要當場捉姦」的理由，而進行後面「跟蹤她」的行為。

---

2 売り上げを伸ばさんがため、営業に奔走している。

為了提高營業額，而四處奔走拉客戶。

3 ただ酔わんがために酒を飲む。

單純只是為了買醉而喝酒。

4 本当はこんなことはしたくない。それもこれも生きんがためだ。

我其實一點都不想做這種事。這一切的一切都是為了活下去呀！

5 それは売らんがための宣伝文句にすぎない。

那不過是為了促銷的宣傳文案而已。

grammar 156　んばかり（だ／に／の）

簡直是…、幾乎要…（的）、差點就…（的）

類義文法
かのようだ 像…一樣的、似乎…

接續方法 ▶ {動詞否定形（去ない）}＋んばかり（に／だ／の）

1 【比喻】表示事物幾乎要達到某狀態，或已經進入某狀態了。前接形容事物幾乎要到達的狀態、程度，含有程度很高、情況很嚴重的語意。「んばかりに」放句中，如例（1）、（2）。

2 〔句尾－んばかりだ〕「んばかりだ」放句尾，如例（3）。

3 〔句中－んばかりの〕「んばかりの」放句中，後接名詞，如例（4）、（5）。口語少用，屬於書面用語。

意思 いかにも～といった様子での

類語 今にも～しそうなほどの

例1　夕日を受けた山々が、燃え上がらんばかりに赤く輝いている。

照映在群山上的落日彤霞，宛如燃燒一般火紅耀眼。

> 這次去群馬縣住的溫泉旅館，黃昏時可以看到夕陽餘暉染紅了天際、染紅了山脈，那真可說是撼人心弦最美的景致了。

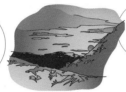

> 「～んばかりに」放句中表示夕陽紅的耀眼程度非常高，如火燃燒一般的耀眼。

2　逆転優勝に跳び上がらんばかりに喜んだ。

反敗為勝讓人欣喜若狂到簡直就要跳了起來。

3　恋人に別れを告げられて、僕の胸は悲しみに張り裂けんばかりだった。

情人對我提出分手，我的胸口幾乎要被猛烈的悲傷給撕裂了。

4　彼女の瞳は溢れんばかりの涙でいっぱいだった。

她熱淚盈眶。

5　満場の聴衆から、割れんばかりの拍手がわき起こった。

滿場聽眾如雷的掌聲經久不息。

MEMO

N1
TEST

JLPT

《新制對應手冊》

一、什麼是新日本語能力試驗呢？

1. 新制「日語能力測驗」
2. 認證基準
3. 測驗科目
4. 測驗成績

二、新日本語能力試驗的考試內容

N1 題型分析

*以上內容摘譯自「國際交流基金
日本國際教育支援協會」的「新
しい『日本語能力試験』ガイド
ブック」。

一、什麼是新日本語能力試驗呢

1. 新制「日語能力測驗」

從2010年起實施的新制「日語能力測驗」（以下簡稱為新制測驗）。

1－1　實施對象與目的

新制測驗與舊制測驗相同，原則上，實施對象為非以日語作為母語者。其目的在於，為廣泛階層的學習與使用日語者舉行測驗，以及認證其日語能力。

1－2　改制的重點

改制的重點有以下四項：

1　測驗解決各種問題所需的語言溝通能力

新制測驗重視的是結合日語的相關知識，以及實際活用的日語能力。因此，擬針對以下兩項舉行測驗：一是文字、語彙、文法這三項語言知識；二是活用這些語言知識解決各種溝通問題的能力。

2　由四個級數增為五個級數

新制測驗由舊制測驗的四個級數（1級、2級、3級、4級），增加為五個級數（N1、N2、N3、N4、N5）。新制測驗與舊制測驗的級數對照，如下所示。最大的不同是在舊制測驗的2級與3級之間，新增了N3級數。

N1	難易度比舊制測驗的1級稍難。合格基準與舊制測驗幾乎相同。
N2	難易度與舊制測驗的2級幾乎相同。
N3	難易度介於舊制測驗的2級與3級之間。（新增）
N4	難易度與舊制測驗的3級幾乎相同。
N5	難易度與舊制測驗的4級幾乎相同。

＊「N」代表「Nihongo（日語）」以及「New（新的）」。

3 施行「得分等化」

由於在不同時期實施的測驗，其試題均不相同，無論如何慎重出題，每次測驗的難易度總會有或多或少的差異。因此在新制測驗中，導入「等化」的計分方式後，便能將不同時期的測驗分數，於共同量尺上相互比較。因此，無論是在什麼時候接受測驗，只要是相同級數的測驗，其得分均可予以比較。目前全球幾種主要的語言測驗，均廣泛採用這種「得分等化」的計分方式。

4 提供「日本語能力試驗Can-do自我評量表」（簡稱JLPT Can-do）

為了瞭解通過各級數測驗者的實際日語能力，新制測驗經過調查後，提供「日本語能力試驗Can-do自我評量表」。該表列載通過測驗認證者的實際日語能力範例。希望通過測驗認證者本人以及其他人，皆可藉由該表格，更加具體明瞭測驗成績代表的意義。

1－3 所謂「解決各種問題所需的語言溝通能力」

我們在生活中會面對各式各樣的「問題」。例如，「看著地圖前往目的地」或是「讀著說明書使用電器用品」等等。種種問題有時需要語言的協助，有時候不需要。

為了順利完成需要語言協助的問題，我們必須具備「語言知識」，例如文字、發音、語彙的相關知識、組合語詞成為文章段落的文法知識、判斷串連文句的順序以便清楚說明的知識等等。此外，亦必須能配合當前的問題，擁有實際運用自己所具備的語言知識的能力。

舉個例子，我們來想一想關於「聽了氣象預報以後，得知東京明天的天氣」這個課題。想要「知道東京明天的天氣」，必須具備以下的知識：「晴れ（晴天）、くもり（陰天）、雨（雨天）」等代表天氣的語彙；「東京は明日は晴れでしょう（東京明日應是晴天）」的文句結構；還有，也要知道氣象預報的播報順序等。除此以外，尚須能從播報的各地氣象中，分辨出哪一則是東京的天氣。

如上所述的「運用包含文字、語彙、文法的語言知識做語言溝通，進而具備解決各種問題所需的語言溝通能力」，在新制測驗中稱為「解決各種問題所需的語言溝通能力」。

新制測驗將「解決各種問題所需的語言溝通能力」分成以下「語言知識」、「讀解」、「聽解」等三個項目做測驗。

語言知識	各種問題所需之日語的文字、語彙、文法的相關知識。
讀　　解	運用語言知識以理解文字內容，具備解決各種問題所需的能力。
聽　　解	運用語言知識以理解口語內容，具備解決各種問題所需的能力。

作答方式與舊制測驗相同，將多重選項的答案劃記於答案卡上。此外，並沒有直接測驗口語或書寫能力的科目。

2. 認證基準

新制測驗共分為N1、N2、N3、N4、N5五個級數。最容易的級數為N5，最困難的級數為N1。

與舊制測驗最大的不同，在於由四個級數增加為五個級數。以往有許多通過３級認證者常抱怨「遲遲無法取得2級認證」。為因應這種情況，於舊制測驗的2級與3級之間，新增了N3級數。

新制測驗級數的認證基準，如表1的「讀」與「聽」的語言動作所示。該表雖未明載，但應試者也必須具備為表現各語言動作所需的語言知識。

N4與N2主要是測驗應試者在教室習得的基礎日語的理解程度；N1與Ｎ２是測驗應試者於現實生活的廣泛情境下，對日語理解程度；至於新增的N3，則是介於N1與N2，以及N4與N5之間的「過渡」級數。關於各級數的「讀」與「聽」的具體題材（內容），請參照表1。

■ 表1 新「日語能力測驗」認證基準

級數	認證基準
	各級數的認證基準，如以下【讀】與【聽】的語言動作所示。各級數亦必須具備為表現各語言動作所需的語言知識。
N1	能理解在廣泛情境下所使用的日語 【讀】・可閱讀話題廣泛的報紙社論與評論等論述性較複雜及較抽象的文章，且能理解其文章結構與內容。 　　　・可閱讀各種話題內容較具深度的讀物，且能理解其脈絡及詳細的表達意涵。 【聽】・在廣泛情境下，可聽懂常速且連貫的對話、新聞報導及講課，且能充分理解話題走向、內容、人物關係、以及說話內容的論述結構等，並確實掌握其大意。
N2	除日常生活所使用的日語之外，也能大致理解較廣泛情境下的日語 【讀】・可看懂報紙與雜誌所刊載的各類報導、解說、簡易評論等主旨明確的文章。 　　　・可閱讀一般話題的讀物，並能理解其脈絡及表達意涵。 【聽】・除日常生活情境外，在大部分的情境下，可聽懂接近常速且連貫的對話與新聞報導，亦能理解其話題走向、內容、以及人物關係，並可掌握其大意。
N3	能大致理解日常生活所使用的日語 【讀】・可看懂與日常生活相關的具體內容的文章。 　　　・可由報紙標題等，掌握概要的資訊。 　　　・於日常生活情境下接觸難度稍高的文章，經換個方式敘述，即可理解其大意。 【聽】・在日常生活情境下，面對稍微接近常速且連貫的對話，經彙整談話的具體內容與人物關係等資訊後，即可大致理解。
N4	能理解基礎日語 【讀】・可看懂以基本語彙及漢字描述的貼近日常生活相關話題的文章。 【聽】・可大致聽懂速度較慢的日常會話。
N5	能大致理解基礎日語 【讀】・可看懂以平假名、片假名或一般日常生活使用的基本漢字所書寫的固定詞句、短文、以及文章。 【聽】・在課堂上或周遭等日常生活中常接觸的情境下，如為速度較慢的簡短對話，可從中聽取必要資訊。

困難 * ↑

* 容易 ↓

*N1最難，N5最簡單。

3. 測驗科目

新制測驗的測驗科目與測驗時間如表2所示。

■ 表2 測驗科目與測驗時間 ＊①

級數	測驗科目 （測驗時間）			
N1	語言知識（文字、語彙、 文法）、讀解 （110分）		聽解 （60分）	→ 測驗科目為「語言知識（文字、語彙、文法）、讀解」；以及「聽解」共2科目。
N2	語言知識（文字、語彙、 文法）、讀解 （105分）		聽解 （50分）	→
N3	語言知識 （文字、語彙） （30分）	語言知識 （文法）、讀解 （70分）	聽解 （40分）	→ 測驗科目為「語言知識（文字、語彙）」；「語言知識（文法）、讀解」；以及「聽解」共3科目。
N4	語言知識 （文字、語彙） （30分）	語言知識 （文法）、讀解 （60分）	聽解 （35分）	→
N5	語言知識 （文字、語彙） （25分）	語言知識 （文法）、讀解 （50分）	聽解 （30分）	→

N1與N2的測驗科目為「語言知識（文字、語彙、文法）、讀解」以及「聽解」共2科目；N3、N4、N5的測驗科目為「語言知識（文字、語彙）」、「語言知識（文法）、讀解」、「聽解」共3科目。

由於N3、N4、N5的試題中，包含較少的漢字、語彙、以及文法項目，因此當與N1、N2測驗相同的「語言知識（文字、語彙、文法）、讀解」科目時，有時會使某幾道試題成為其他題目的提示。為避免這個情況，因此將「語言知識（文字、語彙、文法）、讀解」，分成「語言知識（文字、語彙）」和「語言知識（文法）、讀解」施測。

＊①：聽解因測驗試題的錄音長度不同，致使測驗時間會有些許差異。

4. 測驗成績

4－1　量尺得分

舊制測驗的得分，答對的題數以「原始得分」呈現；相對的，新制測驗的得分以「量尺得分」呈現。

「量尺得分」是經過「等化」轉換後所得的分數。以下，本手冊將新制測驗的「量尺得分」，簡稱為「得分」。

4－2　測驗成績的呈現

新制測驗的測驗成績，如表3的計分科目所示。N1、N2、N3的計分科目分為「語言知識（文字、語彙、文法）」、「讀解」、以及「聽解」3項；N4、N5的計分科目分為「語言知識（文字、語彙、文法）、讀解」以及「聽解」2項。

會將N4、N5的「語言知識（文字、語彙、文法）」和「讀解」合併成一項，是因為在學習日語的基礎階段，「語言知識」與「讀解」方面的重疊性高，所以將「語言知識」與「讀解」合併計分，比較符合學習者於該階段的日語能力特徵。

■ 表3　各級數的計分科目及得分範圍

級數	計分科目	得分範圍
N1	語言知識（文字、語彙、文法）	0～60
	讀解	0～60
	聽解	0～60
	總分	0～180
N2	語言知識（文字、語彙、文法）	0～60
	讀解	0～60
	聽解	0～60
	總分	0～180
N3	語言知識（文字、語彙、文法）	0～60
	讀解	0～60
	聽解	0～60
	總分	0～180

N4	語言知識（文字、語彙、文法）、讀解	0～120
	聽解	0～60
	總分	0～180
N5	語言知識（文字、語彙、文法）、讀解	0～120
	聽解	0～60
	總分	0～180

　　各級數的得分範圍，如表3所示。N1、N2、N3的「語言知識（文字、語彙、文法）」、「讀解」、「聽解」的得分範圍各為0～60分，三項合計的總分範圍是0～180分。「語言知識（文字、語彙、文法）」、「讀解」、「聽解」各占總分的比例是1：1：1。

　　N4、N5的「語言知識（文字、語彙、文法）、讀解」的得分範圍為0～120分，「聽解」的得分範圍為0～60分，二項合計的總分範圍是0～180分。「語言知識（文字、語彙、文法）、讀解」與「聽解」各占總分的比例是2：1。還有，「語言知識（文字、語彙、文法）、讀解」的得分，不能拆解成「語言知識（文字、語彙、文法）」與「讀解」二項。

　　除此之外，在所有的級數中，「聽解」均占總分的三分之一，較舊制測驗的四分之一為高。

4－3　合格基準

　　舊制測驗是以總分作為合格基準；相對的，新制測驗是以總分與分項成績的門檻二者作為合格基準。所謂的門檻，是指各分項成績至少必須高於該分數。假如有一科分項成績未達門檻，無論總分有多高，都不合格。

新制測驗設定各分項成績門檻的目的，在於綜合評定學習者的日語能力，須符合以下二項條件才能判定為合格：①總分達合格分數（＝通過標準）以上；②各分項成績達各分項合格分數（＝通過門檻）以上。如有一科分項成績未達門檻，無論總分多高，也會判定為不合格。

N1～N3及N4、N5之分項成績有所不同，各級總分通過標準及各分項成績通過門檻如下所示：

級數	總分		分項成績					
			言語知識（文字‧語彙‧文法）		讀解		聽解	
	得分範圍	通過標準	得分範圍	通過門檻	得分範圍	通過門檻	得分範圍	通過門檻
N1	0～180分	100分	0～60分	19分	0～60分	19分	0～60分	19分
N2	0～180分	90分	0～60分	19分	0～60分	19分	0～60分	19分
N3	0～180分	95分	0～60分	19分	0～60分	19分	0～60分	19分

級數	總分		分項成績					
			言語知識（文字‧語彙‧文法）		讀解		聽解	
	得分範圍	通過標準	得分範圍	通過門檻	得分範圍	通過門檻	得分範圍	通過門檻
N4	0～180分	90分	0～120分	38分	0～60分	19分	0～60分	19分
N5	0～180分	80分	0～120分	38分	0～60分	19分	0～60分	19分

※上列通過標準自2010年第1回(7月)【N4、N5為2010年第2回(12月)】起適用。

缺考其中任一測驗科目者，即判定為不合格。寄發「合否結果通知書」時，含已應考之測驗科目在內，成績均不計分亦不告知。

4－4　測驗結果通知

依級數判定是否合格後，寄發「合否結果通知書」予應試者；合格者同時寄發「日本語能力認定書」。

■ N1, N2, N3

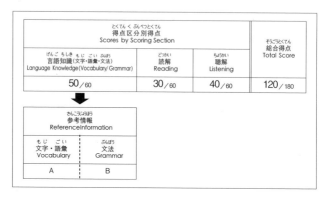

■ N4, N5

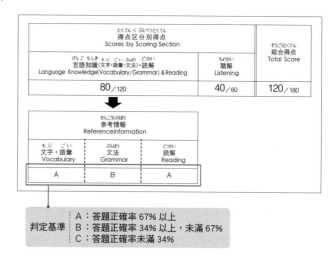

判定基準
A：答題正確率 67% 以上
B：答題正確率 34% 以上，未滿 67%
C：答題正確率未滿 34%

※ 各節測驗如有一節缺考就不予計分，即判定為不合格。雖會寄發「合否結果通知書」但所有分項成績，含已出席科目在內，均不予計分。各欄成績以「＊」表示，如「＊＊／60」。
※ 所有科目皆缺席者，不寄發「合否結果通知書」。

二、新日本語能力試驗的考試內容

N1 題型分析

測驗科目 (測驗時間)			試題內容		
			題型	小題 題數 *	分析
語言知識、讀解（110分）	文字、語彙	1	漢字讀音 ◇	6	測驗漢字語彙的讀音。
		2	選擇文脈語彙 ○	7	測驗根據文脈選擇適切語彙。
		3	同義詞替換 ○	6	測驗根據試題的語彙或說法，選擇同義詞或同義說法。
		4	用法語彙 ○	6	測驗試題的語彙在文句裡的用法。
	文法	5	文句的文法 1 （文法形式判斷） ○	10	測驗辨別哪種文法形式符合文句內容。
		6	文句的文法 2 （文句組構） ◆	5	測驗是否能夠組織文法正確且文義通順的句子。
		7	文章段落的文法 ◆	5	測驗辨別該文句有無符合文脈。
	讀解 *	8	理解內容 （短文） ○	4	於讀完包含生活與工作之各種題材的說明文或指示文等，約200字左右的文章段落之後，測驗是否能夠理解其內容。
		9	理解內容 （中文） ○	9	於讀完包含評論、解說、散文等，約500字左右的文章段落之後，測驗是否能夠理解其因果關係或理由。
		10	理解內容 （長文） ○	4	於讀完包含解說、散文、小說等，約1000字左右的文章段落之後，測驗是否能夠理解其概要或作者的想法。
		11	綜合理解 ◆	3	於讀完幾段文章（合計600字左右）之後，測驗是否能夠將之綜合比較並且理解其內容。

		12	理解想法（長文）	◇	4	於讀完包含抽象性與論理性的社論或評論等，約1000字左右的文章之後，測驗是否能夠掌握全文想表達的想法或意見。
		13	彙整資訊	◆	2	測驗是否能夠從廣告、傳單、提供各類訊息的雜誌、商業文書等資訊題材（700字左右）中，找出所需的訊息。
聽解（60分）		1	理解問題	◇	6	於聽取完整的會話段落之後，測驗是否能夠理解其內容（於聽完解決問題所需的具體訊息之後，測驗是否能夠理解應當採取的下一個適切步驟）。
		2	理解重點	◇	7	於聽取完整的會話段落之後，測驗是否能夠理解其內容（依據剛才已聽過的提示，測驗是否能夠抓住應當聽取的重點）。
		3	理解概要	◇	6	於聽取完整的會話段落之後，測驗是否能夠理解其內容（測驗是否能夠從整段會話中理解說話者的用意與想法）。
		4	即時應答	◆	14	於聽完簡短的詢問之後，測驗是否能夠選擇適切的應答。
		5	綜合理解	◇	4	於聽完較長的會話段落之後，測驗是否能夠將之綜合比較並且理解其內容。

＊「小題題數」為每次測驗的約略題數，與實際測驗時的題數可能未盡相同。此外，亦有可能會變更小題題數。

＊有時在「讀解」科目中，同一段文章可能會有數道小題。

＊符號標示：「◆」舊制測驗沒有出現過的嶄新題型；「◇」沿襲舊制測驗的題型，但是更動部分形式；「○」與舊制測驗一樣的題型。

資料來源：《日本語能力試驗JLPT官方網站：分項成績・合格判定・合否結果通知》。2016年1月11日，取自：http://www.jlpt.jp/tw/guideline/results.html

N1
TEST

JLPT

＊以「國際交流基金日本國際教育支援協會」的「新しい『日本語能力試験』ガイドブック」為基準的三回「文法　模擬考題」。

問題 5　應試訣竅

N1的問題 5，預測會考10題。這一題型基本上是延續舊制的考試方式。也就是給一個不完整的句子，讓考生從四個選項中，選出自己認為正確的選項，進行填空，使句子的語法正確、意思通順。

過去文法填空的命題範圍很廣，包括助詞、慣用型、時態、體態、形式名詞、呼應和接續關係等等。應試的重點是掌握功能詞的基本用法，並注意用言、體言、接續詞、形式名詞、副詞等的用法區別。另外，複雜多變的敬語跟授受關係的用法也是構成日語文法的重要特徵。

文法試題中，常考的如下：

（1）副助詞、格助詞…等助詞考試的比重相當大。這裡會考的主要是搭配（如「なぜか」是「なぜ」跟「か」搭配）、接續（「だけで」中「で」要接在「だけ」的後面等）及約定俗成的關係等。在大同中辨別小異（如「なら、たら、ば、と」的差異等），及區別語感。判斷關係（如「心を込める」中的「込める」是他動詞，所以用表示受詞的「を」來搭配等）。

（2）形式名詞的詞意判斷（如能否由句意來掌握「せい、くせ」的差別等），及形似意近的辨別（如「わけ、はず、ため、せい、もの」的差異等）。

（3）意近或形近的慣用型的區別（如「について、に対して」等）。

（4）區別過去、現在、未來三種時態的用法（如「調べたところ、調べているところ、調べるところ」能否區別等）。

（5）能否根據句意來區別動作的開始、持續、完了三個階段的體態，一般用「～て＋補助動詞」來表示（如「ことにする、ことにしている、ことにしてある」的區別）。

（6）能否根據句意、助詞、詞形變化，來選擇相應的語態（主要是
「れる、られる、せる、させる」），也就是行為主體跟客體間
的關係的動詞形態。

從新制概要中預測，文法不僅在這裡，常用漢字表示的，如「次第、
気味」…等，也可能在語彙問題中出現；而口語部分，如「もん、とい
ったらありゃしない」…等，可能會在著重口語的聽力問題中出現；接
續詞（如ながらも）應該會在文法問題6出現。當然閱讀中出現的頻率
絕對很高的。

總而言之，無論在哪種題型，文法都是掌握高分的重要角色。

問題5 次の文の（　　　）に入れるのに最もよいものを、1・2・3・4から一つ選びなさい。

1 年をとったせいか、以前（　　　）涙もろくなった気がします。
1 にもまして
2 をものともせずに
3 おいて
4 はおろか

2 親しい仲（　　）、言っていいことと悪いことがある。
1 なりに　　　2 とばかりに　　　3 と思いきや　　　4 といえども

3 実現の可能性（　　　）、検討する価値のある提案だと思います。
1 ではあるまいし
2 のいかんにかかわらず
3 とはいえ
4 にひきかえ

4 貴団体（　　　）、日頃から格別のご理解とご協力を賜り、厚く
御礼申し上げます。
1 におかれましては
2 につきましては
3 にもたれましては
4 に至りましては

5 5回目の公演（　　　　）、慣れていつの間にか余裕も出てくるものです。

1　ともなると　　2　ともあれば　　3　ともすれば　　4　ともなしに

6 実験の最中は、一瞬（　　　　）気を抜くことができません。

1　ときり　　　　2　たりとも　　　3　に至っても　　4　に即しても

7 無料ソフト（　　　　）、必要な機能はそろっているので、本格的な映像も創ることができる。

1　ともあれ　　　　　　　　　2　をおいては

3　あるからこそ　　　　　　　4　とはいえ

8 社員（　　　　）会社ですから、社長は社員を大事にすべきです。

1　あっての　　　2　あった上での　　3　あるかぎり　　4　なくしては

9 長年の夢がかなって、嬉しい（　　　　）。

1　にたえない　　　　　　　　2　に至る

3　までのことだ　　　　　　　4　といったらありはしない

10 私のリラックス法は、お風呂、ショッピング（　　　）。

1　といったところです　　　　　2　でなくてなんなんだろう

3　いかんだ　　　　　　　　　　4　にかかわる

問題6　應試訣竅

問題6是「部分句子重組」題，出題方式是在一個句子中，挑出相連的四個詞，將其順序打亂，要考生將這四個順序混亂的字詞，跟問題句連結成為一句文意通順的句子。預估出5題。

應付這類題型，考生必須熟悉各種日文句子組成要素（日語語順的特徵）及句型，才能迅速且正確地組合句子。因此，打好句型、文法的底子是第一重要的，也就是把文法中的「助詞、慣用型、時態、體態、形式名詞、呼應和接續關係等等」弄得滾瓜爛熟，接下來就是多接觸文章，習慣日語的語順。

問題6既然是在「文法」題型中，那麼解題的關鍵就在文法了。因此，做題的方式，就是看過問題句後，集中精神在四個選項上，把關鍵的文法找出來，配合它前面或後面的接續，這樣大致的順序就出來了。接下再根據問題句的語順進行判斷。這一題型往往會有一個選項，不知道要放在哪裡，這時候，請試著放在最前面或最後面的空格中。這樣，文法正確、文意通順的句子就很容易完成了。

＊請注意答案要的是標示「★」的空格，要填對位置喔！

問題6　次の文の＿★＿に入る最もよいものを、1・2・3・4から一つ選びなさい。

（問題例）

1週間前に＿＿＿＿　＿＿＿＿　＿★＿　＿＿＿＿届いていないようです。

1　が　　2　送った　　3　まだ　　4　はがき

（解答の仕方）

1. 正しい文はこうです。

1週間前に＿＿＿＿　＿＿＿＿　＿★＿　＿＿＿＿届いていないようです。
2 送った　4 はがき　1 が　3 まだ

2. ＿★＿に入る番号を解答用紙にマークします。

（解答用紙）　　　（例）　　❶　②　③　④

1　＿＿＿＿　＿＿＿＿　＿★＿　＿＿＿＿花の香りが漂ってきた。

1　どこ　　　　2　とも　　　　3　から　　　　4　なく

2　時には不便なこともありますが＿＿＿＿　＿＿＿＿　＿★＿　＿＿＿＿もいろいろありますよ。

1　良さ　　　　2　の　　　　　3　田舎　　　　4　ならでは

3　年のせいか、人の名前も地名＿＿＿＿　＿＿＿＿　＿★＿　＿＿＿＿いく気がします。

1　覚える　　　2　忘れて　　　3　そばから　　4　も

198

4 あんなに元気だった社長が ＿＿ ＿＿ ★ ＿＿ にも思いませんでした。

　1　夢　　　　　2　突然　　　　　3　倒れる　　　　　4　とは

5 もういい年なのに、うちの ＿＿ ＿＿ ★ ＿＿ してばかり。

　1　と　　　　　2　息子　　　　　3　おどおど　　　　　4　きたら

問題 7　應試訣竅

　　問題 7 考的是「文章的文法」，這一題型是先給一篇文章，隨後就文章內容，去選詞填空，選出符合文章脈絡的文法問題。預估出 5 題。

　　做這種題，要先通讀全文，好好掌握文章，抓住文章中一個或幾個要點或觀點。第二次再細讀，尤其要仔細閱讀填空處的上下文，就上下文脈絡，並配合文章的要點，來進行選擇。細讀的時候，可以試著在填空處填寫上答案，再看選項，最後進行判斷。

　　由於做這種題型，必須把握前句跟後句，甚至前段與後段之間的意思關係，才能正確選擇相應的文法。也因此，前面選擇的正確與否，也會影響到後面其他問題的正確理解。

　　做題時，要仔細閱讀 ____ 的前後文，從意思上、邏輯上弄清楚是順接還是逆接、是肯定還是否定，是進行舉例說明，還是換句話說。經過反覆閱讀有關章節，理清枝節，抓住關鍵之處後，再跟選項對照，抓出主要，刪去錯誤，就可以選擇正確答案。另外，對日本文化、社會、風俗習慣等的認識跟理解，對答題是有絕大助益的。

問題 7　次の文章を読んで、 1 から 5 の中に入る最もよいものを、1・2・3・4から一つ選びなさい。

　　考えてみれば、人間はみな、＜ふり＞をして生活している。

　　子どもは、その発達にともなって、＜ふり＞ができるようになる。子どもは母親と接するとき、父親に接するとき、もしくは近所のおばさんや先生、きょうだい、お友達……と接する相手によって態度を 1 に変えている。これは＜ふり＞をしている証左である。

たとえばＡさんがＢさんに接するとき、ＡさんはＢさんに感化されてＡ１という人格の＜ふり＞をする。

　わたしたちが日々接している　2-a　は複数存在するわけだから、したがって、Ｃさん、Ｄさん、Ｅさんといった他者との関係性の中で次々に新たな　2-b　が現れることになる。Ａさんは接する対象に合わせて＜ふり＞をして、Ａ１さんにも、Ａ２さんにも、Ａ３さんにも、Ａ４さんにも　3　。

　わたしたちは自分たちには「　4　自己」があると思いがちである。

　しかし、　5　他者との関係性において自己のあり様は大きく左右されている。他者との関係性が変わるたびに、ある＜ふり＞からもう一つの＜ふり＞へと切り替わり、そこに新しい自分も生まれている。

『化粧する脳』茂木健一郎

1

1　無意識的　　　　2　意識的　　　　3　意図的　　　　4　故意

2

1　a子ども／b人格　　　　　　　　2　a対象／b子ども

3　a他者／b人格　　　　　　　　　4　a人格／b他者

3

1　なり得るわけだ　　　　　　　　2　なる傾向がある

3　なるべきである　　　　　　　　4　ならざるを得ない

4

1　確固である　　　2　確固になる　　　3　確固とする　　　4　確固とした

5

1　本来なら　　　2　場合によっては　　3　実際には　　　4　時には

問題5　次の文の（　　　）に入れるのに最もよいものを、1・2・3・4から一つ選びなさい。

1 ここまで財政状況が悪化すれば、会社が倒産（　　　）。
1　するきらいがある
2　してやまない
3　するしまつだ
4　しかねない

2 こんな基本的なことも理解しておらず、お恥ずかしい（　　　）。
1　かぎりです
2　までのことだ
3　を余儀なくされる
4　にかたくない

3 酒のせいで、財産（　　　）、家族さえも失った。
1　はおろか　　2　なくしては　　3　といい　　4　たりとも

4 夢を実現（　　　）、少々の犠牲は払う覚悟です。
1　するためとなれば
2　するためとあれば
3　するためであれ
4　するためであろうと

5 東京（　　　）、沖縄は物価が安い。
1　をおいて　　2　をものともせず　3　のごとく　　4　にひきかえ

6 授業終了のチャイムが（　　　）、子供たちはグラウンドに駆け出して行った。
1　鳴ったとあって
2　鳴るや否や
3　鳴ったとあいまって
4　なってからというもの

7 商品の売れ行き（　　　　）、当初の計画通りの生産量を維持する
そうです。

1　のいかんにかかわらず　　　　　2　にもまして

3　のみならず　　　　　　　　　　4　にひきかえ

8 先日のお礼（　　　　）貴社に伺いたいと存じますが、お時間いた
だけま すでしょうか。

1　かたがた　　　　　　　　　　　2　もさることながら

3　ながら　　　　　　　　　　　　4　ゆえ

9 彼の言い分は（　　　　）。

1　理解できないものでもない　　　2　理解するわけにはいかない

3　理解するといったところです　　4　理解するまでもない

10 そういう噂は以前にも聞いたことがあるので、いまさら（　　　　）。

1　驚かずにおくものか　　　　　　2　驚かないではおかない

3　驚くにはあたらない　　　　　　4　驚くとは限らない

問題6　次の文の　★　に入る最もよいものを、1・2・3・4か
　　　　ら一つ選びなさい。

（問題例）

　　小さく＿＿＿　＿＿＿　★　＿＿＿がある家に住みたいです。
　　1　ので　　　2　ても　　　3　良い　　　　4　庭

（解答の仕方）

1. 正しい文はこうです。

┌───┐
│　　小さく＿＿＿　＿＿＿　★　＿＿＿がある家に住みたいです。│
│　　　　2 ても　3 良い　1 ので　4 庭　　　　　　　　　│
└───┘

2.　★　に入る番号を解答用紙にマークします。

　　　　　（解答用紙）　┌──────┬──────────────┐
　　　　　　　　　　　　│（例）　│ ❶ ② ③ ④ │
　　　　　　　　　　　　└──────┴──────────────┘

1 　こんなハイテクの ＿＿＿　＿＿＿　★　＿＿＿ 彼はパソコンがで
　　きない。
　　1　至って　　2　時代　　　3　も　　　　　　　　4　に

2 　確かに画期的で面白そうな方法だが、＿＿＿　＿＿＿　★　＿＿＿
　　判断できる実験結果はない。
　　1　に　　　　2　と　　　　3　信用する　　　　4　足る

3 　市長は、反対する市民グループとの ＿＿＿　＿＿＿　★　＿＿＿
　　を見せている。
　　1　対話　　2　構え　　　3　応じる　　　　4　に

4 ____ ____ ★ ____ が浮気するなんて、信じられない。

　1 とも　　　2 人　　　　3 伊藤さん　　　4 あろう

5 娘 ____ ____ ★ ____ 、ネックレスを買いました。

　1 かこつけて　　　　　　2 入学式

　3 の　　　　　　　　　　4 に

問題7　次の文章を読んで、[1]から[5]の中に入る最もよいものを、1・2・3・4から一つ選びなさい。

　好青年というのが東垣内豊のあだ名だった。

　最初の頃、彼がはじめてタイにやって来た二十代後半、当時はもちろん当然[1-a]意味を込めて付けられたのだ。彼がタイ国日本人会の人々に好青年と呼ばれるになったきっかけは、婦人部が毎月九月に行っているチャリティバザーに、会社からの寄付品であるテレビを持って出掛けて行ったことによる。学生時代から野球の選手で、身長も高く、しかも大きな体躯の割には甘いマスクの持ち主の豊を在留邦人の奥様方が[2]。

　端正で清楚な雰囲気や気取らない性格が人々の気持ちを引きつけ、それからはことあるごとに婦人会のイベントの手伝いを申し込まれることとなり、彼女らを通して好青年というあだ名はバンコク中の日本人の間に広まった。その人気は[3]オーバー気味に言えば、まさに歌舞伎役者並みと言えるもので、婦人会にはファンクラブさえあった。

　しかしその名誉あるあだ名も沓子が現れ、彼女が彼の周囲にまとわりつくようになってからは違った意味で、つまりたっぷりと[1-b]を込めて、言われるようになってゆく。光子が後にバンコクにやって来てからも、彼女はこの好青年というあだ名を何度も[4]にすることになるが、しかしそこに含まれたもう一つの意味に光子はとうとう[5]。

　　　　　　　　　　　　　　　　　　『サヨナライツカ』辻仁成

1

  1 aいい／b尊敬   2 a皮肉／bいい

  3 aいい／b皮肉   4 aいい／b親しみ

2

  1 ほうっておくに相違なかった

  2 ほうっておくには及ばなかった

  3 ほうっておいてはたまらなかった

  4 ほうっておくわけがなかった

3

  1 いささか   2 少しも   3 まさに   4 むろん

4

  1 目   2 耳   3 顔   4 身

5

  1 気がつかされた   2 気をつこうとした

  3 気がついてしまった   4 気がつくことはなかった

問題５　次の文の（　　　）に入れるのに最もよいものを、１・２・３・４
　　　　から一つ選びなさい。

1 この機械は、効率（　　　　）、環境への影響も十分配慮している。
1　にひきかえ　　　　　　　　　2　のみならず
3　はさておき　　　　　　　　　4　と相まって

2 子どもが生まれてから（　　　　　）、育児に追われて自分の時間
がとれない。
1　とあって　　　　　　　　　　2　とあれば
3　というもの　　　　　　　　　4　といっても

3 あなたがいくら不満に（　　　）、会社のルールですから従うし
かないでしょう。
1　思うほど　　　　　　　　　　2　思うかたわら
3　思おうとも　　　　　　　　　4　思うことなしに

4 親を納得させる（　　　　）固い意志としっかりしたプランがあり
ます。
1　めいた　　　　　2　にたる　　　　3　っぽい　　　　4　まじき

5 チャンスが全くなくなったわけ（　　　）、そんなに落ち込まない
でよ。
1　じゃあるまいし　　　　　　　2　だろうが
3　をふまえて　　　　　　　　　4　とあいまって

6 祖父の話は毎回同じ内容なので、退屈（　　　　）うとうとしてし
まった。
1　を限りに　　　　　　　　　　2　きわまって
3　とはいえ　　　　　　　　　　4　がさいご

7 夫は、パソコン（　　）カメラ（　　）、新製品が出るとすぐ買ってくる。

1　だの／だの　　　　　　　2　と／と

3　なり／なり　　　　　　　4　というか／というか

8 わが社が報道しようが（　　　　　）、いずれどこかのメディアが報じることでしょう。

1　するともなく　　　　　　2　しないまでも

3　したとしても　　　　　　4　しまいが

9 かわいがっていた犬を亡くしたばかりの彼女が落ち込んでいるであろうことは（　　　　）。

1　想像にかたくない　　　　2　想像にすぎない

3　想像をかえりみない　　　4　想像に限る

10 子どもにとって、お正月の楽しみといえば、お年玉（　　　　）。

1　にすぎない　　　　　　　2　のとおりだ

3　をおいてほかにない　　　4　のきらいがある

（問題例）

＿＿＿　＿＿＿　＿★＿　＿＿＿のだから、そんなに落ち込まないで。
　　1　では　　　　　2　大した　　　　　3　ない　　　　　4　ミス

（解答の仕方）

1. 正しい文はこうです。

＿＿＿　＿＿＿　＿★＿　＿＿＿のだから、そんなに落ち込まないで。
2　大した　4　ミス　1　では　　3　ない

2. ＿★＿に入る番号を解答用紙にマークします。

（解答用紙）　｜（例）｜ ❶　② ③ ④

1　応募の年齢制限 ＿＿＿　＿＿＿　＿★＿　＿＿＿に、不採用です。
　　1　越えている　　2　ゆえ　　　　　3　を　　　　　　4　が

2　ご飯を＿＿＿　＿＿＿　＿★＿　＿＿＿、祖母にひどく怒られたものだ。
　　1　なら　　　　　2　少しでも　　　　3　もの　　　　　4　残そう

3　歩き方といい、臭い息といい、＿＿＿　＿＿＿　＿★＿　＿＿＿。
　　1　分かる　　　　　　　　　　　2　までもなく
　　3　検査する　　　　　　　　　　4　酔っ払っていると

4　彼女は ＿＿＿　＿＿＿　＿★＿　＿＿＿ 優勝を飾った。
　　1　見事な　　　　　　　　　　　2　厳しい
　　3　ものともせず　　　　　　　　4　向かい風を

5 兄は周囲の ＿＿＿ ＿＿＿ ＿★＿ ＿＿＿ を興した。

1 会社　　　　　2 反対　　　　　3 よそに　　　　4 を

次の文章を読んで、 $\boxed{1}$ から $\boxed{2}$ の中に入る最もよいものを、1・
2・3・4から一つ選びなさい。

　　現代の日本の社会は、猛烈な上昇志向に貫かれた「管理社会」で
ある。たとえばかつての共産主義社会よりもずっと社会主義的な相
続税等の管理が、私たちの生活をがんじがらめに $\boxed{1}$ 。すべての社会
生活の分野で、 $\boxed{\text{2-a}}$ は意識するにせよしないにせよ、日本人の生活
の隅々に行きわたっている。時間までが完全に管理されている。

　　この管理社会のありとあらゆる領域にわたって、およそ $\boxed{3}$ ほど激
しい競争原理が支配している。経済生活だけではない。幼稚園から
大学までの教育の面でもそうだ。

　　これを言いかえて、能力主義社会と呼んでもよかろう。人間性よ
り経済的能力と効率がものをいい、それのみが高く評価される社会
だ。現代の日本人はこういった社会のシステムに、 $\boxed{4}$ 、逃れようも
なく囚われてしまっているのだが、実はそれをけっして心地よくは
感じていない。「寅さん」映画は、このような $\boxed{\text{2-b}}$ 主義の管理社
会に対するアンチテーゼである。

　$\boxed{5}$ フランス映画の題ではないが、「自由を我等に」という希求
が、ほろ苦い喜劇の形でこの映画にこめられている。能力主義の管
理社会からの「自由」を求めて。

　　　　　　　　　『フィレンツェの空に夜が青く花咲くころ』小塩節

1

1　しばりさげている　　　2　しばりおろしている

3　しばりあげている　　　4　しばりあかしている

2

1　a管理／b能力　　　　　2　a管理／ b社会

3　a社会主義／ b共産　　　4　a共産主義／ b社会

3

1　考えもつかぬ　　　　　2　考えもつかず

3　考えもつく　　　　　　4　考えもついた

4

1　いやも応もなく　　　　2　幸か不幸か

3　恐る恐る　　　　　　　4　好き好んで

5

1　「寅さん」あっての　　　2　よくも悪くも

3　古きよき　　　　　　　4　よかれあしかれ

第一回

問題 5

1	1		2	4		3	2		4	1		5	1
6	2		7	4		8	1		9	4		10	1

問題 6

1	2		2	2		3	3		4	4		5	4

問題 7

1	1		2	3		3	1		4	4		5	3

第二回

問題 5

1	4		2	1		3	1		4	2		5	4
6	2		7	1		8	1		9	1		10	3

問題 6

1	1		2	4		3	3		4	4		5	4

問題 7

1	3		2	4		3	1		4	2		5	4

第三回

問題5

| 1 | 2 | 2 | 3 | 3 | 3 | 4 | 2 | 5 | 1 |
| 6 | 2 | 7 | 1 | 8 | 4 | 9 | 1 | 10 | 3 |

問題6

| 1 | 4 | 2 | 3 | 3 | 4 | 4 | 3 | 5 | 3 |

問題7

| 1 | 3 | 2 | 1 | 3 | 1 | 4 | 1 | 5 | 3 |

精修 關鍵字版

新制對應 絕對合格！
日檢必背文法 ［25K ＋MP3］
【日檢智庫 34】

- ■ 發行人／**林德勝**

- ■ 著者／**吉松由美、田中陽子、山田社日檢題庫小組**

- ■ 出版發行／**山田社文化事業有限公司**
  臺北市大安區安和路一段112巷17號7樓
  電話 02-2755-7622
  傳真 02-2700-1887

- ■ 郵政劃撥／**19867160號 大原文化事業有限公司**

- ■ 總經銷／**聯合發行股份有限公司**
  新北市新店區寶橋路235巷6弄6號2樓
  電話 02-2917-8022
  傳真 02-2915-6275

- ■ 印刷／**上鎰數位科技印刷有限公司**

- ■ 法律顧問／**林長振法律事務所 林長振律師**

- ■ 書＋MP3／**定價 新台幣 379 元**

- ■ 初版／**2020年 1 月**

STS

山田社

STS

山田社